O CASO EDUARD EINSTEIN

O CASO EDUARD EINSTEIN

Laurent Seksik

Tradução
Maria de Fátima Oliva do Coutto

1ª edição

Rio de Janeiro | 2019

Copyright © Flammarion, Paris, 2013

Título original: *Le cas Eduard Einstein*

Imagem de capa: Jürg L. Steinacher

Texto revisado segundo o novo
Acordo Ortográfico da Língua Portuguesa

2019
Impresso no Brasil
Printed in Brazil

CIP-BRASIL. CATALOGAÇÃO NA PUBLICAÇÃO
SINDICATO NACIONAL DOS EDITORES DE LIVROS, RJ

S465c

Seksik, Laurent, 1962-
O caso Eduard Einstein / Laurent Seksik; tradução Maria de Fátima Oliva do Coutto. – 1ª ed. – Rio de Janeiro: Bertrand Brasil, 2019.

Tradução de: Le cas Eduard Einstein
ISBN 978-85-286-2429-8

1. Romance francês. I. Coutto, Maria de Fátima Oliva do. II. Título.

19-58738

CDD: 843
CDU: 82-31(44)

Leandra Felix da Cruz – Bibliotecária – CRB-7/6135

Todos os direitos reservados. Não é permitida a reprodução total ou parcial desta obra, por quaisquer meios, sem a prévia autorização por escrito da Editora.

Direitos exclusivos de publicação em língua portuguesa somente para o Brasil adquiridos pela:
EDITORA BERTRAND BRASIL LTDA.
Rua Argentina, 171 – 3º andar – São Cristóvão
20921-380 – Rio de Janeiro – RJ
Tel.: (21) 2585-2000 – Fax: (21) 2585-2084

Atendimento e venda direta ao leitor:
sac@record.com.br

À minha mulher

SUMÁRIO

Burghölzli — Alexanderplatz	9
Huttenstrasse, 62	61
Princeton — Heldenplatz	91
Mercer Street, 112	113
Novi Sad — Princeton	141
Nordheim	181
Princeton — Burghölzli	203
Burghölzli	231
Anexos	247

BURGHÖLZLI —
ALEXANDERPLATZ

1

A porta pesada fecha com um rangido. O prédio, de teto recortado no céu de novembro, parece mais imponente visto de fora. Ela é vítima de uma vertigem. Receia desmaiar. Lembra-se do método aconselhado pelo médico para evitar essa sensação. Concentrar-se em um ponto à frente, respirar fundo. Acredita na medicina. Mesmo que nesta manhã sua convicção tenha sido posta à prova. A ciência opera além desses muros? A impressão é de que o diabo se apossou da alma do seu filho.

O enfermeiro que a acompanhou até a escada do prédio escutou pacientemente seu relato. Mais uma vez, ela descreveu os acontecimentos que haviam levado seu filho àquele local. Não omitiu nenhum detalhe. Tudo parecia importante e poderia ser útil. O enfermeiro demonstrou bondade.

— Não se arrependa de nada, senhora Einstein. A senhora fez bem em vir aqui. Às vezes, visando ao bem-estar de nossos próximos, é preciso contrariar a vontade deles. E mais, tenha esperança. Estamos em 1930. A ciência tem realizado progressos impressionantes. Não vou enumerá-los, cara senhora. Não se preocupe, cuidaremos de tudo. Até logo, senhora Einstein.

No momento em que a porta se fechou, ela interpôs o pé. O homem lhe lançou um olhar sombrio. Com um tom seco, ele pediu que ela não tornasse as coisas ainda mais difíceis. Ela obedeceu.

Agora ela está sozinha em frente ao prédio. Sem dúvida, deveria resignar-se a deixar o local. Já viu e ouviu o bastante. Não consegue sequer dar um passo. Olha ao redor em busca de uma criatura amiga. Outra mulher como ela, impaciente em saber como se comporta seu filho, quando poderá vê-lo. Mas ninguém aguarda na frente do prédio. Não deve ser horário de visita.

Até então, ela não havia chorado. Não se sentia inclinada à tristeza. Apenas o medo ocupava seus pensamentos; pavor imenso, terror de mãe. De agora em diante, o desespero substitui o temor. Soluça baixinho. As horas que acaba de viver arrastam todas as lágrimas em seu curso. Revê os rostos lívidos e contorcidos de dor. Ouve os gritos de revolta e angústia. O destino se pronunciou. Sua existência ruiu. A vida tomou ódio dela e lhe roubou o que antes se constituía em alegria.

De súbito, dá-se conta de que deve avisar algo essencial ao médico. Toca a campainha. Por que não pensou nisso antes? Eduard precisa de doze horas de sono. Não importam as circunstâncias. O médico precisa saber. A questão é vital. Em casa, ela prepara chás medicinais, prodigaliza palavras de reconforto. É a sentinela da noite. Ali, os médicos lhe recusaram o direito de dormir junto ao filho. Um colchão no chão já serviria. Aquela criança precisa da mãe. O irmão, Hans-Albert, tem um temperamento diferente, independente e forte. Eduard é tão frágil. Nunca deixou de ser o menininho que outrora levava para passear às margens do lago Limmat. O sacolejar do carrinho de bebê o embalava. Ele sorria aos anjos. Seu rosto não mudou. À exceção daquela expressão de estranheza que agora se revela no canto dos lábios. E dos grandes olhos claros, sempre perdidos no vazio.

Devia ter concordado com uma simples coberta atirada ao chão. O essencial era Eduard sentir sua presença. Qualquer coisa pode abalá-lo. O menor comentário é entendido como ofensa. Só ela é capaz de lhe aliviar o desespero e livrá-lo do mal. Nada que lhe diga respeito tem segredos para ela. Infelizmente, não conseguia mais controlar o fogo da cólera havia algumas semanas.

Pronto. Alguém a ouviu. A porta se abre. Um homem de camisa azul um tanto amarrotada se coloca diante dela.

— Tenho algo importante a dizer ao doutor Minkel.

— O doutor está em consulta.

— Eu falei com ele há pouco.

— Acha que ele fica passeando pelos jardins do Burghölzli? Estou dizendo que ele está em consulta.

— Poderia lhe dar um recado? Trata-se de meu filho, Eduard Einstein, quarto 109.

— Eu sei.

— O senhor... sabe?

— O filho de Einstein está no interior dos nossos muros. A notícia já correu Zurique. As pessoas são linguarudas.

— Meu filho não fez nada de repreensível.

— Veem o mal por todo lado.

— Eduard sofre, só isso.

— Hoje em dia certos sofrimentos têm má reputação.

— O que quer dizer?

— A senhora terá tempo para compreender. Vamos, conte o que há de tão fundamental a dizer ao doutor Minkel.

A mulher explica a necessidade das doze horas de sono, reitera a importância do que acaba de avisar. O homem escuta, aquiesce, promete dar o recado, estende a mão, cumprimenta e fecha a porta.

* * *

Ela contempla à sua frente os telhados de Zurique, o lago lá embaixo, o pico coberto de neve das montanhas ao longe. Em geral, esse espetáculo a encanta. Hoje o céu está cinzento, prenúncio de tempestade. Um véu de névoa recobre a cidade. A igreja vizinha à casa de repouso aponta seu campanário nas brumas. O lugar tão familiar lhe parece inacessível.

Ela está enregelada de frio. Não sente mais os dedos. Pega a rua que desce na direção da cidade. Uma fina camada de neve recobre o pavimento. Por pouco, não tropeça a cada passo. Arrepende-se de ter concordado em entrar na ambulância. Promete não olhar para trás. Perjura a cada dez passos. Seu olhar se perde em meio às inúmeras janelas do Burghölzli. O prédio parece ocupar toda a colina, esmagar o horizonte. Supostamente, o lugar abriga almas em agonia. Recorda os gritos das vozes desoladas, os horríveis risos em cascata. Revê o filho entre as silhuetas magras, imóveis ou balançando-se. Aqueles homens esqueceram a dor de viver. Nada mais os atinge, nem injunções nem golpes. Um desprezo selvagem estampado em seus rostos. Esse ódio não é nada em comparação aos medos que machucam o coração amassando-o como se fosse um papel.

Preferia tomar o lugar de Eduard. Ela, a prisioneira; ele, um homem livre. Ele escapando para a rua; ela ficando presa. Ele correria até perder o fôlego. Ao chegar ao final da rua, não mais se lembraria do mal que se abatera sobre a mãe. Avistaria o lago ao longe, teria vontade de passear pela margem. Pensaria na mãe, ficaria triste por um instante. Encontraria um amigo que lhe proporia uma volta de veleiro. Sairia para navegar. Ficaria tonto sob o vento.

O destino decidiu de outro modo. É preciso que ela esteja ao ar livre e que Eduard fique preso.

O caminho de volta lhe parece terrivelmente comprido. Os tamancos de madeira compensada, destinados a corrigir sua claudicação, reavivam a dor nos quadris. "Deixe o pé se ajustar à palmilha", explicou o sapateiro. "Um dia a senhora dará cambalhotas." Ela ignora o significado de dar cambalhotas. Desde a infância, o simples fato de caminhar se constitui uma provação. Suas amigas tinham aulas de dança, ensaiavam coreografias, falavam de musselinas, tarlatanas e tutus. Os problemas nos quadris a impediam de correr. Choviam zombarias, apelidos. Ela era a manca, a coxa, a bruxa. Uma anedota de seus 20 anos lhe vem à lembrança. Um amigo de Einstein, surpreso com o fato de que o jovem pudesse se interessar por ela, chamou-lhe a atenção para sua enfermidade. Albert respondeu: "Não vejo isso de que fala. Mileva tem uma voz muito encantadora." Um dia, anos mais tarde, Einstein recobrou a visão.

Ela manca. Em seu espírito, ela se arrasta. Arrastou-se pelas calçadas de Praga, pelos bulevares de Berlim, sempre à sombra do marido. Em Zurique, desde que vive só, esse sentimento acabou desaparecendo. Hoje ressurge.

No cruzamento, reconhece o rosto de Rudzica. Rudzica era sua vizinha na pensão Engelbrecht, trinta anos antes, no final do século passado. Depois de concluir os estudos, Rudzica se instalou em Genebra. Seus cabelos, agora curtos, perderam o tom louro. Mas Rudzica guardou intacto o porte que lhe dava graça. Ela usa um vestido maravilhoso. Seu rosto irradia alegria. Será que pensa nos filhos ou no marido, sonha com o jantar para o qual foi convidada? Ou simplesmente caminha despreocupada, sem pensar em nada?

A pensão Engelbrecht ficava no número 50 da Plattenstrasse. Rudzica e duas outras jovens ocupavam o aposento grande do terceiro andar, enquanto ela morava sozinha em um quartinho no sótão. Custava-lhe subir as escadas, mas as noites passadas em companhia das três moças faziam-na esquecer seu mal. Ela tinha notado um "não sei o quê" no olhar das amigas, que sempre a ouviam chegar, graças ao barulho dos passos. Havia decidido tirar os tamancos na parte de baixo da escada; descalça, subia com esforço os degraus e depois se calçava. Um dia, Rudzica a havia surpreendido com os sapatos na mão. Seus olhares se cruzaram. Rudzica sempre manteve silêncio.

Muito tempo se passou desde aquele ano de 1899. Custa a acreditar que aquele comprido desfile de semanas e meses tenha sido a sua vida.

Rudzica se volta. Será que a reconheceu? Ela envelheceu tanto. Não quer falar com sua amiga de outrora. Não quer revelar nada do seu drama. Não quer ouvir Rudzica contar sua vida. Sabe, eu me casei com aquele estudante do quarto ano que vivia à nossa volta. Moramos em Genebra com nossos três filhos. E você, como vai sua vida? Soube do seu divórcio. Ainda me lembro de ver Albert chegar à pensão, tocar violino e subir para seu quarto. Quem acreditaria que convivíamos com o grande gênio do século? E foi você que ele escolheu, minha pequena Mileva. Sabe, os homens mudam. Com ou sem glória, são todos iguais. Você refez sua vida? Ao menos é feliz?

Ela teme o encontro. Gostaria de esconder o rosto. Fundir-se à paisagem. Que Rudzica não veja a roupa escolhida às pressas ao sair esta tarde. O vestido amarrotado comprado na Bernitz. Está fazendo um ótimo negócio, dissera a vendedora. Dois pelo preço de um. Dois vestidos quase idênticos, um de xadrez azul e outro verde, fechados até o pescoço e descendo abaixo dos joelhos. Rudzica parece usar um vestido de tule.

Qualquer coisa, menos ouvir a amiga reviver os tempos da pensão Engelbrecht. Lembra-se das guerras de almofadas? E daquela noite em que Helena apareceu com uma garrafa de vodca? Nunca nenhuma de nós tinha tomado bebida alcóolica. Detestamos o gosto, mas nos obrigamos a acabar com a garrafa. E quando a senhora Bark entrou? Seus gritos de fúria ainda ressoam em meus ouvidos. Proibidas de sair durante um mês. Bons tempos!

Ela pensa em correr na direção de Rudzica. Gostaria de atirar-se em seus braços, aconchegar-se, chorar em seu ombro, confiar o que viu. Rudzica, que milagre cruzar com você aqui! Venho de um lugar do qual não faz ideia. É o reino das almas perdidas. Não, não estou louca. Vi com meus próprios olhos o que é a loucura. Esse lugar de perdição fica bem à sua frente, no alto da colina, naquela construção imensa. É o lugar do qual falo. Onde trancam e batem. Na nossa própria cidade, perto de onde íamos brincar. E quer saber o que eu fazia naquele lugar maldito? Fui levar meu filho.

Um carro desce a rua e vira à sua frente. Por um instante, o veículo esconde a silhueta da amiga. Quando o carro ultrapassa a encruzilhada, Rudzica fica invisível. A rua está de novo deserta.

Está exausta. Gostaria de sentar-se. Precisa reunir forças para voltar para casa. Não vê nenhum lugar onde possa descansar; não há ninguém a quem recorrer.

As pessoas que me conhecem dirão que sou louco. Não acredite. É próprio dos loucos ignorar que o são. Sou filho de Einstein. Imagino a dúvida em seu espírito. Filho de Einstein?! Está escrito em meu passaporte. Eine Stein, em resumo. Meu nome é Eduard, nasci em Zurique, no dia 23 de julho de 1910. Pode perguntar. Tenho notoriedade pública.

Minha mãe afirma que sou o retrato cuspido e escarrado de meu pai. Ela alega um brilho de inteligência no meu olhar. Caso eu tivesse um pingo de malícia, saberiam. Ou será que perdi essa qualidade ao crescer? Há algum tempo certas faculdades me escapam. Mas essa não é a razão de sua presença aqui? Ou veio apenas me escutar falar de meu pai e manchar sua memória?

Quanto à questão de minha identidade, é bom esclarecer, neste início conturbado dos anos 1930, que, ao contrário do que meu nome de família sugere, não sou judeu. Que o digam em alto e bom som, Eduard Einstein é cristão ortodoxo, batizado no dia 4 de junho de 1912, na cidade de Novi Sad, na Sérvia! Tenho todos os documentos para provar.

Os tormentos que inflijo à minha mãe remontam ao dia do meu nascimento. Mamãe me repetiu várias vezes, o parto foi um verdadeiro calvário. Os adultos falam a torto e a direito, sem imaginar a relevância de seus atos. Se mamãe fala assim, teria sido preferível eu não ter vindo a este mundo? No que teria me tornado?

Ao que parece, me parir foi uma provação terrível. A bacia da minha mãe era estreita demais para a largura do meu crânio. Os quadris são o ponto fraco da família Maric. Mancam geração após geração. Os quadris luxam na infância. Em seguida, a doença ataca a cabeça. A maldição atinge muitos sérvios da região de Novi Sad. Eu escapei da enfermidade. Aprecio minha sorte.

Minha mãe manca desde sempre. Quando menina, zombavam dela. O senhor sabe como são as crianças. Dizem que são mais cruéis que os adultos. Mas são os adultos que dizem isso.

Quando me perguntam o que me trouxe a este lugar, aos 20 anos, eu retorno à pergunta. Acha que sou capaz de ter batido em minha mãe? Sou um rapaz calmo, de natureza taciturna e incapaz de levantar a mão para alguém, quanto mais para aquela que me deu à luz em tão horríveis circunstâncias. Mamãe cuida de mim sozinha faz muitos anos; seria uma ingratidão. Entretanto, se minha mãe afirma isso, não vou contradizê-la. Perdi recentemente o controle dos meus atos. Quem sabe se, em um instante de desvario, minha mão esbofeteou seu doce rosto? Nesse caso lamentável, peço perdão.

Sou como os outros deste hospital? Aqui, tratam-me como um retardado. Sou tudo, mesmo inculto. Na minha juventude, li toda a biblioteca do meu pai. Sorvi Schopenhauer e Kant, Nietzsche e Platão. Devorei Thomas Mann. Aos 6 anos, lia Shakespeare. Está duvidando? "Um alto grau de ambição transforma pessoas sensatas em loucos insensatos." Quem disse isso? Kant.

E, sobretudo, li Freud. A obra completa. Apesar das aparências, estou no primeiro ano de Medicina. A faculdade de Zurique é uma das melhores da Europa. Fico no meu quarto estudando por semanas a fio, sem pôr o nariz para fora. Meu pai me recomenda tomar ar. Para ele, é fácil. Quanto a mim, preciso estudar muito. Não sou Einstein.

E sabe qual especialidade pretendo seguir? Está no caminho certo. Sonho em ser psiquiatra! Finalmente, acredito ter tomado o caminho mais curto: entrei na clínica pela porta da frente.

Sei que Jung foi assistente no seu lugar. Ou foi no meu? Falaremos disso depois. Nos últimos tempos, meu pensamento não funciona mais de forma harmônica. Meus atos escapam à minha vontade. Em meu cérebro, produz-se toda espécie de coisas. Dirão que estou na muda. Aos 20 anos! À noite, não durmo. De dia é ainda pior. Quando abro os olhos, os objetos se deslocam, assumem formas estranhas. Nada mais é solido, nada possui ângulo. Rostos deformados aparecem na parede. Batem à porta e, quando abro, não tem ninguém! Além das vozes, que murmuram em meu ouvido palavras que mamãe não escuta. Imagino se ela não está ficando surda com a idade.

Tenho outros elementos a assinalar, coisas pequenas, sem importância.

Na semana passada, vi um gato entrar no meu quarto e afirmar que eu era bonito. Mamãe me garantiu o contrário.

Dois dias depois, uma mulher sem cabeça se deitou na minha cama, entrou debaixo das cobertas com propósitos escabrosos e engoliu meu sexo no seu baixo-ventre. É uma sensação que não desejo a ninguém.

No início de setembro, uma multidão gigantesca se agrupou debaixo da minha janela agitando forcados sobre os quais exibiam a cabeça do meu pai.

Na noite do dia 12, engoli um enxame de abelhas; o mel saiu pelas minhas orelhas.

Por sorte, finalmente, as vozes se acalmaram. As multidões se calaram. As abelhas migraram. Os intrusos foram bater a outras portas que não a minha. O gato não retornou. Avise se cruzar com ele. É um gato gordo de pelo branco que fala com a voz macia.

Vou fazer uma pergunta, já que o senhor acredita saber tudo. Suponhamos que, encontrando-me na frente da janela de um vagão de trem em movimento, eu deixe cair uma pedra. Os lugares percorridos pela pedra seguem uma reta ou uma parábola?... Ah, agora o senhor não banca mais o esperto!

Estou aqui há várias horas e ninguém, além da minha mãe e do senhor, veio me ver. O regulamento proíbe visitas? Pensaram em avisar aos meus parentes? Minha mãe talvez tenha motivos para não ficar junto de mim. Não fui amável com ela e isso talvez constitua uma das causas da minha presença aqui. Mas meu pai poderia vir. Berlim não fica do outro lado do mundo. Eu vou dar seu telefone quando os números pararem de se embaralhar em minhas ideias. Envie, então, um telegrama. Albert Einstein, 5, Haberlandstrasse, Berlim.

Ainda não acredita em mim? Talvez muita gente se apresente neste lugar afirmando ser filho de Einstein. Quem sou eu para lhes atirar pedras? Ter um sobrenome ilustre pode ser considerado uma sorte. Acreditam que a glória respingará nelas. Pois essas pessoas estão redondamente enganadas. O nome Einstein é um peso para o comum dos mortais. Uma única pessoa possui ombros fortes o bastante para suportar esse fardo: meu pai. Nem meu irmão nem eu temos tamanha estatura. Eis a causa de minha balbúrdia mental, se é isso que busca.

Quando outros pretendentes ao título de filho de Einstein se apresentarem aqui, gostaria de falar com eles. Revelarei o preço a pagar. Mostrarei a fatura. Nunca mais vão se vangloriar de usar esse nome. Quanto aos que se tomam por Napoleão, eles é que se virem sem mim.

Cá entre nós, preferia usar o sobrenome da minha mãe. Sem dúvida, eu não estaria aqui. Ai de mim, não é fácil voltar no tempo. Meu pai já estudou a questão. Não trilharei seus passos.

Certo, darei ao senhor a resposta ao problema da pedra e do vagão de trem. Vejo a pedra cair de modo retilíneo. O pedestre observa uma parábola. Não há verdade absoluta. Sua realidade não é a minha. Aprenda essa lição.

Afinal, quem me garante que o senhor é médico? O lugar deve atrair fabulistas. Vou descobrir por que está aqui. Não se escolhe uma profissão dessas por acaso. Alguém deve martelar na sua cabeça.

Ah, posso revelar outra coisa. Eu escrevo. Poemas. Inúmeros. Inspirado em minha paixão por Heine, Kleist e Victor Hugo. Minha mãe guarda todos. Meu pai torce o nariz. Vou recitar o último que escrevi.

Canto da doença mental

Deus Pai e Deus Filho!
Hoje o psiquiatra,
Essa função

O mal-estar do corpo
Buscas superar
Mas a psiquê em si
Um dia nele vai soçobrar
Então, sem refletir muito tempo
Pois a dor é muito grande,
Tu te precipitas no país dos sonhos
Ou arrancas imediatamente teu coração.

Se não gosta, guarde para si.

Deixe-me falar de outro membro da família. Não do meu irmão Hans-Albert, sobre o qual nenhum mistério paira, e que supostamente venceu na vida, apesar dos riscos incorridos. Não, é de uma personalidade mais secreta que vive na clandestinidade e que, de alguma forma, eu abrigo. Uma moça, não tenho vergonha de dizer, porque, para alguém inteligente, o senhor tem um ar compassivo. Essa jovem tem problemas de locução e fala através da minha boca. Ela me leva pelo cabresto. Ela me faz calar, sustenta propósitos que minha moral reprova. Seus pensamentos são doentios. Ela me ordena ir ao quarto da minha mãe colocar um vestido. Ela prefere aquele de xadrez verde, que eu acho bastante triste. Certo dia, minha mãe me surpreendeu com essa roupa. Tão logo mamãe apareceu, a mulher em mim desapareceu. Não há lugar para um temperamento feminino na presença da minha mãe? O senhor vai dar sua opinião profissional. Mamãe não brigou comigo, nem fez nenhuma reprovação quanto ao fato de os babados estarem fora de moda em 1930. Hoje em dia, nada parece surpreendê-la. Demonstra consideração. Não mais me atormenta com censuras. Compreendeu que, no meu caso, as reprimendas não são uma solução. Apenas fez uma pergunta que continua a me intrigar: indagou se eu sabia alguma coisa. Eu lhe respondi "nada". O que é a mais pura verdade. Ela pareceu aliviada. Explicou-me que tais práticas não eram muito convenientes para um rapaz da minha idade. Estou de acordo. Queria saber se ela não achava que o vestido azul cairia melhor. Mas me abstive de perguntar. Como vê, eu sei me controlar. Espero, contudo, lançar luz sobre tal episódio. Tenho necessidade de entendê-lo direito. Não gosto de viver com uma jovem na consciência.

Eis um último testemunho em relação às minhas origens:

Nasci num dia 23 de julho, de manhã, em Zurique, na Moussontrasse. Fica pertinho daqui, a trinta minutos de caminhada. A natureza sabe o que faz. Eu teria detestado nascer durante o inverno, quando a neve cai e o céu está encoberto. Pessoas como eu precisam de muita luz. Somos meio parecidos com as plantas.

No mês do meu nascimento, o cometa Halley atravessou o céu. As fotos foram tiradas por um tal de Sr. Wolf. Vi reproduções em uma revista da qual me esqueci o nome; não se pode lembrar de tudo, senão sofreríamos uma embolia cerebral. O cometa Halley passa diante de nossos olhos a cada 76 anos, pode verificar. Mark Twain, que nasceu em 1835, no ano de uma passagem precedente, morreu pouco depois da passagem seguinte do cometa — "periastro", diria meu pai. Falando sobre o cometa e sobre sua própria pessoa, Mark Twain escreveu estas linhas pouco antes de morrer: *"Vejam, portanto, esses dois monstros inexplicáveis: vieram juntos, devem partir juntos."* Mark Twain se expressa assim e é Eduard Einstein que segregam!

O cometa Halley será de novo visível em 1986. Não estarei mais neste mundo. Eu o avistarei lá do alto, mais perto dele que nunca. Acredito na força do espírito.

Não vi meu pai no dia de meu nascimento. Aos olhos de um físico de renome, a aparição do cometa Halley é um acontecimento bem mais marcante que a chegada de um chorão na cidade de Zurique. Como rivalizar com um astro? Eu me encarrego de resolver essa questão. Nasci em Zurique, vivi em Zurique, morrerei em Zurique. Giro pela cidade sem me afastar muito, como se estivesse ligado por uma força invisível. Serei o cometa de Zurique.

2

A Alexanderplatz está acinzentada e suja sob o frio de novembro. Ele caminha pela calçada, agasalhado pelo casacão, o chapéu preto na cabeça. Na calçada, precisa pular poças d'água estagnada. Com o olhar, procura um táxi. Não gosta de percorrer as ruas de Berlim no anoitecer.

Uma hora antes, ao sair da reunião no Instituto Kaiser-Wilhelm, conseguiu encontrar um carro. O automóvel ficou bloqueado perto do Reichstag por causa de uma manifestação dos membros do Rote Frontkämpferbund. Precisou descer e se viu a alguns metros dos manifestantes, que agitavam bandeiras vermelhas e avançavam prontos para a ação. Prosseguiu até Tiergarten. Ao longe, avistou um exército de camisas-marrom avançando na direção dos manifestantes aos gritos de *Sieg Heil!* Acelerou o passo. Enxames de jovens correm na direção contrária, parecendo apressados para lutar. A manifestação da véspera resultou em três mortos nas fileiras comunistas, todos atingidos por um estilete cravado nos pulmões. Os SA vingavam assim a morte do seu herói, Horst Wessel.

Berlim se tornou um valhacouto. O ano de 1930 termina de um modo mais terrível do que começou.

Na esquina, uma mulher sentada no chão, com um bebê entre as pernas cruzadas, estende a mão, o interpela. Ele tira do bolso uma nota de cem marcos. A mulher agradece.

Na rotunda, em um cartaz, Hitler aponta um dedo ameaçador: "O Führer devolverá a honra à Alemanha!" Uma reunião é anunciada para o sábado seguinte. O auditório é interditado aos judeus e aos cães. Nas últimas eleições, os nazistas receberam seis milhões de votos.

Na antevéspera, um caminhão com uns dez membros da SA na traseira passou por ele. Um dos SA o reconheceu e berrou: "É Einstein! Diga ao Klaus para parar!" O caminhão seguiu seu caminho. O outro vociferou: "Seu judeu sujo! Vou voltar e acabar com você!"

Goebbels cita isso em seus discursos. Ele seria o primeiro da lista de personalidades a serem abatidas. O professor Lenard, prêmio Nobel de 1905 e inimigo de longa data, o ataca sem trégua. O homem das ciências de Hitler organiza conferências e publica artigos de uma violência espantosa. A relatividade seria uma ciência judia, indigna da comunidade alemã. A fórmula $E = mc^2$ teria sido inventada por Friedrich Hasenöhrl. Uma descoberta ariana.

As tramoias de Lenard resultaram no encontro com Max Planck no Instituto. Ele tinha ido solicitar apoio ao patrono das ciências alemãs. Sabe que conta com a indefectível amizade do velho sábio. Planck lhe abriu as portas da universidade alemã vinte anos antes. Planck o revelou ao mundo ao publicar seu artigo a respeito da relatividade em 1905, nos *Anais de física*.

Plank o escutou e, após um silêncio de reflexão, explicou: "Caro Albert, eu o ajudo como posso. Porém, Lenard tem incontáveis seguidores. Além do mais, ele também é um prêmio Nobel de Física. Como eu poderia tomar partido? Muitos já me reprovam por sua presença no Instituto. Caso eu me oponha a Lenard, vão me acusar de parcialidade, de simpatizar com os judeus. Alegarão que sou inimigo do povo alemão. A única coisa que posso recomendar, e falo como amigo, é a prudência. Não desafie mais essas hordas nos anfiteatros. Os tempos mudaram, caro Albert. Homens como eu são de outra época. Não deveria dizer isso, mas, em seu lugar, aceitaria a proposta de ensinar na América. Lá não teria mais de temer por sua segurança. Poderia trabalhar com toda a calma. Deixe a política para Lenard. Albert, sua obra não terminou; sua obra é o essencial!"

Agradecera ao ancião e saíra do encontro ainda mais ressentido que antes. Depois, encontrara aquele táxi a dois passos do Instituto.

Vê ao longe o prédio número 5 na Haberlandstrasse. No sétimo andar, as luzes estão acesas. Experimenta uma espécie de alívio ao entrar em casa. Planck talvez tenha razão. Deveria aceitar a proposta de trabalhar na América. Em Berlim, não encontra nenhum sinal de esperança. O combate que se trava parece perdido de antemão.

Elsa repousou uma xícara de chá na toalha de mesa de tecido branco enfeitada com rendas e comprada em Hamburgo. Sua esposa é mais apegada a esses bordados que às peças de porcelana antigas na estante de parede. Às vezes, ele caçoa de sua paixão por velharias. Ela lhe reprova o gosto duvidoso pelo ícone russo incrustado de prata maciça reinando sobre o gueridom. E aquele sabre oriental oferecido pelo imperador do Japão, o que faz ao lado da reprodução das Tábuas da Lei? Seu lugar seria na adega.

Ele, que detesta as paradas militares, gosta mais é de passear pelo Zeughaus, na Unter den Linden, para admirar as couraças dos cruzados, os elmos sarracenos na vitrine dos antiquários. Elsa o levara à exposição Cassirer, na Victoriastrasse, para admirar as esculturas de Brancusi. Ele tinha preferido rever as peças de arte egípcia do Altes Museum.

Tomando seu chá, escuta a TSF. Há alguns minutos, a rádio difunde uma sucessão de trechos de declarações de Hitler e de dirigentes nazistas.

Não temos nenhuma intenção de ser antissemitas sentimentais desejosos de suscitar pogroms, mas nossos corações estão tomados pela determinação inexorável de atacar o mal pela base e extirpar seus galhos pela raiz. Para alcançar nosso objetivo, todos os meios serão justificados, ainda que seja preciso nos aliar ao diabo...

Ele mergulha um açúcar dentro da xícara, o dissolve, toma um gole quente demais para seu gosto, repousa a xícara.

O judeu, na qualidade de fermento da decomposição, não deve ser visto como indivíduo bom ou mau em particular; ele é a causa absoluta do colapso de todas as raças, nas quais penetra como parasita. Sua ação é determinada por sua raça. Assim como não posso recriminar um bacilo de tuberculose por uma ação que, para os homens, significa a destruição, mas que para ele significa a vida, sou, entretanto, obrigado e me sinto justificado, considerando minha existência pessoal, a travar o combate contra a tuberculose para a exterminação de seus agentes. O judeu vem se tornando, ao longo de milhares de anos de ação, uma tuberculose da raça dos povos. Combatê-lo significa eliminá-lo...

Ele morde um dos docinhos que Elsa colocou no pires e que ela mesma prepara. Quando a esposa passa perto, ele lhe repete que é uma cozinheira ímpar.

A raiva, a raiva inflamada — é o que queremos derramar nas almas de nossos milhões de compatriotas alemães, até que abrase, na Alemanha, a chama da cólera que nos vingará dos corruptores de nossa nação...

— Como pode escutar essas monstruosidades? — indaga Elsa.
Ele não quer inquietar a esposa. Explica que tudo isso é provisório. O chanceler Brüning dará um jeito nessa situação. O país de Goethe não deve ter sede de violência.

É por esse motivo que a resolução da questão judia é uma questão central para os nacionais-socialistas. Esta questão não pode ser resolvida com delicadeza; diante das armas aterrorizantes de nossos inimigos, não podemos resolvê-la senão pela força bruta. A única forma de combate é o combate violento. Lorde Fischer já disse: "Se bater, bata com força! O único combate sério é o que faz berrar o inimigo."

— Não consigo mais dormir — recomeça Elsa. — Não pode desligar o rádio?
Ele pede só mais um instante.

Quando eu assumir de fato o poder, minha primeira providência consistirá em aniquilar os judeus. Tão logo surja a oportunidade, mandarei construir — na Marienplatz de Munique, por exemplo — tantas fileiras de forcas quanto permita o trânsito. Depois, os judeus serão enforcados sem discriminação e permanecerão pendurados até apodrecerem. Permanecerão pendurados até os princípios de higiene permitirem. Tão logo sejam retirados, será a vez da próxima fornada, e assim por diante, até que o último judeu de Munique seja exterminado. Agiremos da mesma forma em outras cidades, até que a Alemanha tenha sido completamente limpa dos judeus.

— Faça-o calar — grita Elsa —, ou então eu mesma vou desligar o rádio!

Não há aqui nenhuma possibilidade de acomodação: o judeu e seus cúmplices continuarão sendo sempre inimigos no coração do nosso povo. Sabemos que, se eles assumirem o comando, nossas cabeças rolarão; sabemos também que, quando tivermos o poder em nossas mãos, que Deus tenha piedade de vocês!

Ela se aproxima do TSF e gira o botão.
— Escute isso quando estiver sozinho.
Ele se levanta e dirige-se ao quarto, senta-se à sua escrivaninha. Pensa no que acaba de escutar pelas ondas do rádio, nos discursos de ódio, no clima de terror, em seu novo status de alvo ambulante. Há dez anos, erguiam em Potsdam, em sua homenagem, a torre Einstein, cujo imenso telescópio era destinado a verificar a validade de suas teorias. A pureza das linhas do edifício o levava a considerar a obra o exemplo maior da arquitetura expressionista. Hoje, ele arrisca sua existência saindo de casa.

A bela história entre os Einstein e a Alemanha parece ter subsistido. Em 1650, seu antepassado Baruch Moïse Ainstein havia deixado a região de Constance, na Suíça, para se estabelecer em Buchau, no ducado de Wurtemberg. Baruch Ainstein era comerciante de tecidos. Na época, as leis proibiam aos judeus a maioria das profissões. Um chapéu amarelo lhes era imposto ao deixarem seu vilarejo. Seu ancestral foi obrigado a usar a rodela. No século seguinte, em 1835, sob o Segundo Reich, nas cidades da Alemanha, as multidões desfilavam ao som dos gritos "Sim! Sim! Morte aos judeus!". Seu avô Abraham por pouco não sobrevivera aos tumultos. A cidade de Berlim era então permitida aos israelitas por um único acesso: a porta Rosenthal, no frontispício da qual estava inscrito: "Aberta aos judeus e ao gado".

O telefone toca. Elsa vai atender. Pelo tom da voz, logo compreende que Mileva está do outro lado da linha. A cada conversa, Elsa fica com um nó na garganta. Balbucia. Sente-se culpada. Imagina-se responsável pela infelicidade de Mileva, pelo naufrágio do seu primeiro casamento. A realidade é outra, ao mesmo tempo mais triste e mais simples. Mas a única verdade não é o sentimento que permanece? Seu casamento foi condenado no instante em que ele partiu de Zurique para vir dar aulas em Berlim. Mileva o acompanhou. Detestou a cidade. Voltou a viver na Suíça com Hans-Albert e Eduard. O tempo e a distância se encarregaram do resto.

Elsa e Mileva nada têm em comum. Um estranho se perguntaria como o mesmo homem pôde casar-se com duas mulheres tão diferentes. Sua primeira esposa é uma sérvia ortodoxa, baixa, magra e taciturna, seca e irritadiça, orgulhosa e rebelde. Sua segunda esposa é uma judia alemã da Suábia, afável, gordinha e doce, de temperamento retraído e jovial.

A voz de Elsa ressoa de repente mais alto da sala de estar.

— Como assim, alguma coisa grave?... Eduard?... Um acidente?... O quê, então?... Como assim, a cabeça?... Mas ele só tem 20 anos... Ele ainda está na sua casa?... Por quanto tempo pensam em mantê-lo lá?...

Ele sai do quarto. Do corredor, vê o susto estampado no rosto de Elsa.

— Eu vou passar para ele — sussurra, estendendo o aparelho com a mão trêmula.

Parece ter compreendido. Dá boa-tarde, depois escuta de Mileva, com a voz abafada e o ritmo ofegante, o relato dos acontecimentos.

— Vou repetir tudo, Albert. É preciso que saiba desde o início... Eu já tinha avisado, há algumas semanas, que Eduard não estava bem. Vivia trancado no quarto sem sair, estirado na cama. Dormia de dia e ficava acordado de noite. Às quatro horas da manhã, ainda zanzava pelo apartamento, tocava piano. E, quando eu tentava trazê-lo à razão, ele me repelia. Seu discurso se tornava cada vez mais confuso, com um comportamento violento. Ele ia para a varanda e começava a esbravejar contra tudo e contra todos. A polícia chegou, o comissário Feurberg veio pessoalmente conversar com Eduard. Assim que foi embora, Eduard foi para a varanda e xingou a polícia. Anteontem, minha amiga Svetlana veio me visitar. Eu lhe servi uma bebida na sala de estar. Achava que Eduard estava dormindo. Ele apareceu e olhou-a como se nunca a tivesse visto. Depois, desviou o olhar para suas sapatilhas. Permaneceu um longo momento em silêncio, o olhar fixo. Seus olhos pareciam hipnotizados pelas sapatilhas. Depois, foi para o meu quarto. Voltou dez minutos depois. Nos pés, trazia meus sapatos, sabe, os tamancos com um dos saltos mais altos, e em cima... em cima... estava nu! Svetlana foi embora assustada! Ontem de manhã, ao soar das onze badaladas, entrei em seu quarto. Encontrei os lençóis cobertos por aquelas revistas horríveis, sabe, aqueles livros pornográficos que ele começou a comprar aos montes faz um tempo e que antes escondia nas estantes. O pôster de Freud que ficava em cima da cama tinha sido amassado e jogado no tapete. A janela estava aberta. Fui à varanda. Ele estava nu, no chão. Com os olhos arregalados. Quando me avistou, ergueu-se de um salto. Pulou em cima de mim, me agarrou pelo pescoço. Gritava: "Quem é você?... Quero ver a minha mãe verdadeira!". Ele me derrubou e me encheu de bofetadas. Então, o Sr. Frözer, nosso vizinho de andar, chegou. Você sabe, eu deixo uma chave com ele; juro que não o teria chamado, poderia ter acalmado Tete. Sei como controlá-lo. Sempre acabo conseguindo. Quando Tete avistou Frözer, parou de apertar meu pescoço e avançou nele. Derrubou-o no chão. Sua força parecia ter se multiplicado por dez. Ele o cobriu de socos. Frözer ficou com o rosto todo ensanguentado. Nessa hora, a polícia apareceu. Foram necessários três policiais para agarrar Tete. E então... eles o levaram para o Burghölzli. Pronto, Albert, agora já sabe tudo.

Após um breve instante de reflexão, ele anuncia que irá imediatamente para Zurique.

— Você não é obrigado e sabe disso. Talvez seja apenas uma crise e, quando chegar, tudo já esteja terminado.

Não é apenas uma crise. Tomará o primeiro trem. Despede-se com um até amanhã e desliga. Seu olhar cruza com o de Elsa. Não consegue pronunciar uma só palavra. Dirige-se ao quarto. Retira uma maleta guardada debaixo da cama. Abre o armário, escolhe roupa para alguns dias, enfia suas coisas na valise.

— Vai ficar muito tempo?

Quanto tempo dedicar a tal acontecimento? Uma vida inteira, com certeza.

— Quer que eu o acompanhe?

Ele enfrentará sozinho a catástrofe. Esse drama é um assunto pessoal, uma questão do foro mais íntimo da sua vida. O foro íntimo se partiu.

— Não seja pessimista.

Ele gostaria de lhe confiar sua intuição; seu espírito sempre funcionou assim. Sua intuição lhe valeu a glória e o Nobel, mais que a lógica ou a suposta força do seu cérebro. O pressentimento que o anima hoje é tão funesto que seus lábios não conseguem falar nada. O que teme há anos, seus piores pressentimentos se realizaram.

Ele pega o aparelho, pede à telefonista o número 13.400 em Berlim. Charlotte Juliusberg atende, o cumprimenta, inquieta-se com sua saúde, que ela sabe ser frágil. Sofreu um ataque cardíaco após o falecimento da mãe, e uma úlcera, sequela das privações da guerra, o martiriza. Ele a tranquiliza. Sente-se curado.

— Quer falar com meu marido, imagino...

Juliusberg é o único médico em quem confia. Juliusberg é um amigo de longa data. Não quer apelar a Freud, tampouco à dezena de psicanalistas conhecidos seus. Não acredita na psicanálise. Só confia nas ciências exatas. Quem sabe para casos menos sérios, conhecidos como neurose, a análise apresentaria certa vantagem? Ao que tudo indica, Eduard não sofre de neurose. Uma consulta na rua Berggasse, 19, em Viena, não ajudaria em nada.

Várias vezes no passado, confiou a Juliusberg suas inquietações a respeito de Eduard. As crises na infância, o comportamento estranho. Juliusberg nunca escondera seus receios. Agora que as coisas adentraram terreno desconhecido, ele quer o diagnóstico do amigo.

Do outro lado da linha, Juliusberg escuta, enquanto ele expõe a situação e faz algumas perguntas. Então, o médico explica:

— Albert, você entendeu, o caso é muito grave. Difícil dar um nome à doença neste estado. Em breve, saberemos. A única coisa que podemos considerar positiva é que ele foi para o Burghölzli. Jung ainda dá consultas no hospital e Minkel é discípulo de Bleuler. Eduard está em boas mãos. Não acho uma boa ideia levá-lo para Berlim com você. Eduard precisa de calma. Uma viagem longa apenas agravaria a situação. Além do mais, seu filho, na Alemanha, tendo em vista o que se passa, é impensável. Os pacientes são muito sensíveis ao ambiente externo. Eduard internado em Berlim? Já pode imaginar a manchete nas primeiras páginas dos jornais: "Filho de Einstein internado em um hospício!" Imagine a reação dos outros pacientes ao saberem da sua presença. Sem falar dos atendentes. Você é um inimigo público, Albert, o inimigo do povo alemão. Só seu nome suscita um ódio imenso. Isso acentuará o caos no espírito de Eduard. Quanto a conduzi-lo a Viena, bem, você me admitiu não acreditar em Freud. Além do mais, no que nos diz respeito, Viena ou Berlim não são a mesma coisa? Não, seu filho está protegido na Suíça. Quanto a esperar uma cura rápida, meu amigo, é inútil mentir para você. Podemos, quem sabe, esperar uma melhora. Lenta e dolorosa... Quanto ao tratamento num futuro próximo, as opiniões divergem. A maioria de meus colegas neurologistas compartilhará do seu ceticismo quanto aos benefícios da análise. Concordo com eles. Alguns afirmam que pode funcionar. Durante algum tempo, a esposa de Joseph Roth pareceu ter melhorado. Você e eu sabemos como está mal hoje. Evidentemente, há também... Enfim, você sabe... Sem dúvida, é o único método eficaz de que dispomos contra as crises. De fato, parece bárbaro. Tomamos, contudo, as precauções necessárias. O choque é menos grave do que parece. Utilizamos ondas elétricas menos potentes que antigamente. Não se deve ter medo dos eletrochoques. Não dispomos de muitas opções... Faz pouco tempo, o doutor Sakel, em Viena, tenta tratamentos utilizando altas doses de insulina nos casos graves. Ele provoca um coma terapêutico. Em consequência, o cérebro é privado de açúcar. Sakel alega que o excesso de glicose acarreta excitação. O tratamento diminuiria a agitação do paciente, talvez atuando no delírio. Eu continuo cético. O tratamento acarreta um choque hipoglicêmico. Atrofia as células nervosas. Em minha opinião, isso pode acarretar uma devastação. O essencial agora é ver com seus próprios olhos. É importante avaliar o estado do seu filho. Boa sorte, Albert, você vai precisar.

Ele caminha com passos inseguros pela plataforma da estação de Berlim. Elsa lhe segura o braço. Fala com aquele sotaque doce, arrastando os "*r*". Ela pronuncia "Albertle". Mas essas entonações lânguidas, tiradas da língua da sua Suábia natal e que, no passado, sempre serviram como apoio, como consolo, pois o conduziam ao doce murmúrio da infância, não conseguem reconfortá-lo.

Naquela mesma plataforma, dezesseis anos antes, em agosto de 1914 — na véspera da declaração de guerra —, outra mulher, Mileva, caminha ao seu lado com passos claudicantes. Seus filhos, Hans-Albert e Eduard, apelidado de Tete, então com 10 e 4 anos, seguram a mão da mãe. Ele os acompanha até o trem. A atmosfera é glacial. Marido e mulher se separam em definitivo.

— Você não vem com a gente? — pergunta Eduard.

— Não, Tete, seu pai não vem — responde Mileva.

— Por que papai não vem? — indaga a criança.

Hans-Albert permanece em silêncio. Na sua idade, compreende o que significa o divórcio. Dali em diante, centenas de quilômetros vão separar o pai dos filhos. Papai fica em Berlim. Hans-Albert, Eduard e a mãe voltam a viver em Zurique.

— Você vai visitar a gente logo? — pergunta Eduard.

Ele irá o mais rápido possível.

— Suba, Tete, o trem vai partir!

Ele ajuda o filho caçula a escalar os degraus do trem. A criança se agarra ao seu pescoço. A mãe o segura pelos ombros. A família se acomoda em uma cabine. Hans-Albert e Mileva sentam-se sem olhar para fora. Eduard sobe em um banco, cola o rosto no vidro e estende a mão pela janela.

— Tete vai esperar você em Zurique! — lança a criança.

Ele responde com um aceno de mão. O vagão deixa lentamente a estação. Ele perde de vista a cabine. Permanece imóvel por um instante, o olhar fixo na direção do trem que se afasta.

Tete vai esperar você em Zurique.

Sou tão famoso quanto meu pai. O E da equação é o E de Eduard.
Eduard = mc².

Quer que eu diga o que vejo nestes desenhos? O que essas sombras traçadas com tinta preta me inspiram? Poderia mentir para o senhor, fingir: esse quadro é o rosto de minha mãe com raiva; naquele ali, o gato gordo se dirige a mim. Porém, eu odeio mentira. Repito, a psicologia é meu campo predileto. Seus testes de Rorschach não têm segredo para mim. Conheço os truques. Poderia facilmente me fazer passar por louco ou até mesmo o contrário. Sabe que meu pai conheceu esse tal de Rorschach nos bancos da faculdade de Zurique? Eu adoraria encontrar o doutor Bleuler, o venerável ex-dono do seu Burghölzli. O professor Bleuler se vangloria de ter descoberto a esquizofrenia. Eu teria muito a lhe ensinar.

Sem querer lhe dar ordens, não estaríamos melhor em minha casa, no número 62 da Huttenstrasse, terceiro andar à direita? Tomaríamos um trago no terraço, enfim, se os cactos que mamãe plantou não tiverem invadido o lugar. É mesmo estranha essa paixão da minha mãe pelos cactos. Psiu, nem uma palavra sequer, ela ouve tudo o que eu digo. E depois fico de castigo em meu quarto.

Da minha janela, vejo o Limmat se mover sinuosamente na vermelhidão da tarde. É o que me acalma nos dias de grande tensão nervosa. Sofro terrivelmente, por isso peno em meus estudos médicos. Schopenhauer escreveu: "O homem pode fazer o que quer, mas não querer o que quer."

É normal que há algum tempo as pessoas me acompanhem com o olhar? Seguem-me na rua. Comportam-se em relação a mim como se eu fosse importante. Na semana passada, saí para passear no lago, como todas as quintas. A dona da padaria está varrendo na frente da porta. Ela me pergunta se está tudo bem. Eu respondo que está tudo ótimo. Seu marido, Hanz, se junta a ela, um homem de bom senso, que faz um pão delicioso, pelo menos eu acho. Ele pergunta à esposa: não é melhor chamar um médico? Eu lhe digo que é inútil, a senhora Frankel parece em plena forma. Deixo o lugar para não contrariar ninguém. Desço a rua. Chegando às margens do Limmat, debruço-me na grade. Um casal de cisnes se aproxima deslizando na água. A fêmea fixa os grandes olhos negros em mim. De natureza tímida, baixo o olhar. Vejo grossas gotas de sangue caindo na água. Levo a mão à testa. Minha palma volta vermelha. Percorro com o indicador o supercílio. Percebo uma ferida aberta. Tudo se esclarece em meu espírito. Compreendo as interrogações do padeiro e o olhar penetrante do cisne fêmea. Mas não descubro como pude me ferir. Faz algum tempo, minha mãe esconde as facas da cozinha; estou dizendo ao senhor, ela está perdendo a cabeça. Sou tomado por um súbito mal-estar, desmaio. Acordo no sofá da sala de estar com uma atadura no crânio e minha mãe à cabeceira.

Minha história o agrada? As histórias com animais sempre foram as minhas preferidas. À exceção do enigma da galinha e do ovo. Quem nasceu primeiro? Meu pai sabe. As leis do universo não têm segredo para ele. Ele trabalha sobre as origens. Eu tento fazer o mesmo.

* * *

Que eu fale de novo de minha mãe? Pois não; em geral, as pessoas só querem saber do meu pai, como papai descobriu a relatividade, blá-blá-blá, o senhor conhece a lenga-lenga ou pelo menos tem uma vaga ideia. Todo mundo tem uma vaga ideia a respeito de Einstein. Há um tipo como ele a cada século. Tipos como eu enchem sua sala de espera.

Salvo meu pai, eu não tenho existência legal. Já ouviu falar de mim antes que eu aportasse aqui? Não. Eu não existia. O que eu fiz para não existir? Nada. Não pude fazer nada. Não há lugar neste mundo para outro Einstein. Eu sofro de transtorno de personalidade.

Por que sou tão virulento em relação ao meu pai? O senhor não está a par? Pensava que fôssemos domínio público. Meu pai nos abandonou, a mim, minha mãe e meu irmão em agosto de 1914, na plataforma da estação de Berlim. Depois, a guerra foi declarada.

Ah, sim, o senhor quer que eu fale da minha mãe... Eu já disse que ela mancava. Não se pode resumir uma pessoa à sua forma física quando ela dispõe de tantas faculdades intelectuais. *Kuca ne lezi na zemjli, nego na zeni.* Quando penso em mamãe, palavras sérvias me vêm à cabeça. "A casa não se edifica sobre a terra, mas sobre a mulher", diz o provérbio. O essencial vem da minha mãe. Tenho alma eslava, sinto orgulho do meu povo e de suas tradições. Nada jamais dobrará um sérvio. Os turcos não conseguiram, nós assassinamos o arquiduque em 1914, estamos prontos para desencadear inúmeras guerras para lavar nossa honra. Minha mãe foi a única mulher do curso a ser admitida na Escola Politécnica de Zurique. Imagina o orgulho dos pais! Calcule a festa que meu avô Milos deu, no vilarejo de Kac. Observe esse percurso, uma lenda! A pequena Mileva Maric deixa a província para estudar na Escola Real de Zagreb. Ai, o Império Austro-Húngaro vai lhe fechar as portas da Universidade de Praga. Então, a pequena coxa atravessa as fronteiras. E lá está ela em novembro de 1894, com 17 anos, suas palmilhas ortopédicas nos pés, de mãos dadas com o pai diante do prédio da Höhere Töchterschule.[1] E, dois anos depois, a pequena boêmia é aceita em uma das mais prestigiadas universidades da Europa, a Escola Politécnica de Zurique! A única mulher no departamento de física e matemática! E, então, Mileva sucumbe aos encantos do meu pai. Se semelhante tragédia tivesse ocorrido a Marie Curie, os raios X não existiriam.

Mileva Maric sacrificou seus sonhos de grandeza para cuidar do pequeno Eduard, abandonou seus estudos, seu trabalho, suas ambições. Para trocar minhas fraldas. Eis o verdadeiro gênio. Eis a humanidade. Eis o ser cuja fotografia deveria aparecer nas primeiras páginas dos jornais do mundo inteiro. As boas maneiras nunca são recompensadas. Uma santa mulher, a senhora Maric. Alguém inteiro, apesar de sua deficiência. Há males que vêm para o bem, embora eu ainda tente descobrir qual é o bem de eu ainda estar aqui. Um dia, meu pai analisará meu caso. De que serve tamanha inteligência se não for posta a serviço do homem? Aquele que descobriu os grandes princípios do universo não pode analisar meu hemisfério direito?

Agora devo lhe contar uma anedota dos bons tempos em que ainda vivíamos os quatro em família. Eu e meu irmão compartilhávamos do sofrimento dos filhos queridos. Eu era sempre o mais privilegiado. A casa tremia desde a manhã até a noite. Brigava-se por nada. Ao entardecer, papai vestia o casaco. Aonde você vai? Visitar amigos. Nós não somos seus amigos? Mamãe se levanta às seis da manhã; papai, às dez. O final da manhã é um bom motivo para brigas. É preciso desconfiar dos pais, eles são marido e mulher. Mamãe se queixa do comportamento de papai.

---

[1] Colégio de ensino secundário para moças em Zurique (*N. da T.*)

Mamãe se arrepende do passado. Os tempos de antigamente eram o paraíso perdido. Zurique, só existe Zurique. Mamãe recusa-se a morar em Praga. Mamãe não quer acompanhar papai a Berlim. Em Praga, os alemães dominam tudo. Em Berlim, melhor nem falar. Mamãe detesta cidades grandes. A vida boa consiste na natureza humana. Passeemos nos bosques. A fórmula da felicidade não reside nos números.

Um dia, uma mulher irrompe na nossa mesa. Aquela que se tornará a segunda senhora Einstein. Entretanto, mamãe compra a briga. Mamãe quer continuar a ser a primeira-dama. O lugar parece invejável. Mamãe vigia seu antigo espaço. Mamãe fica muito desconfiada. A mulher suspeita mora em Berlim, onde meu pai foi residir. A futura segunda esposa conhece bem meu pai. É, na verdade, sua prima em segundo grau. Não entendo nada dessa história de grau. Zero grau, neva. Primeiro grau, não se deve levar tudo ao pé da letra. Mas prima em segundo grau? Mamãe encontrou uma carta no bolso do meu pai. Onde mais uma mulher enciumada procuraria alguma prova? A carta diz tudo, segundo minha mãe. Adultério entre primos é um caso de família.

Papai foi passar o domingo conosco. Fez a viagem de Berlim. Nunca pareceu tão feliz. Não sei o que mais incomoda nossa mãe: a felicidade do meu pai ou a descoberta da carta. Mamãe sempre foi perturbada. Papai alega que puxei a ela. Se puxei, foi por tê-la presente a meu lado. Na época, eu devia ter 5 anos. Como posso me lembrar tão bem daquela briga? O senhor poderia me elucidar; o passado é seu local de trabalho. Revejo meu pai sorrindo sem motivo aparente. Minha mãe tem um olhar sombrio. Meu irmão está no colégio. Na minha lembrança, minha mãe me parece imensa, embora ela seja baixinha, não há como negar. Almoçamos em silêncio. Minha mãe encara meu pai e dispara: Li uma carta. Meu pai não responde. Uma linda carta, continua minha mãe. Sinto que alguma coisa vai mal pelo tom da sua voz. Com 5 anos, percebemos melhor as coisas que agora. Meu pai diz que costuma receber cartas. Minha mãe concorda, lindas cartas. Sim, diz ele, umas mais lindas que outras. Contudo, são só cartas. Ah, retoma mamãe, as palavras querem dizer um monte de coisas, sobretudo quando bem escolhidas e com frases lindamente floreadas. Mas há um sentido oculto nas palavras de minha mãe que me deixa pouco à vontade. As palavras que ela pronuncia não parecem combinar com o que ela pensa, sem dúvida para que eu não compreenda. E esse subterfúgio é um fracasso, porque eu compreendo haver um subterfúgio. O senhor verá, sou muito intuitivo. Meu pai se espanta por minha mãe ter lido uma carta que não lhe era destinada. Ele pergunta se ela o espiona. A acusação é grave. Ninguém trata assim minha mãe sem provas. Mamãe responde que os homens casados não estão acima das leis. Nem mesmo os físicos. Papai retruca que não infringiu nenhuma lei. Mamãe evoca o sétimo mandamento do Antigo Testamento. Meu pai responde que, em sua tradição, não há Novo Testamento, portanto nenhum Antigo. O fato de durante séculos de catolicismo falarem do testamento não implica a existência de testamentos. Afirmar alguma coisa não a transforma em verdade. Há também um sentido oculto em sua frase. Minha mãe retoma a investida: ele não se lembra do sétimo mandamento? Rindo, papai diz que não tem memória para números. Papai não deveria rir em tais circunstâncias. Eu virei bem rápido a cabeça, passando de um rosto a outro. Sinto-me perturbado. Experimento uma grande necessidade de calma. Sou um ser sensorial. Minha mão esbarra em um copo e o derruba no assoalho. O copo faz um barulho terrível. Mamãe grita comigo, me dá um tapa no rosto. Não tenho culpa de nada. Meu pai diz que não foi nada. Minha mãe recolhe os cacos de vidro, diz: para você, nada é grave! Meu pai repete que é só um copo. Não, é muito mais que isso, grita minha mãe. Meu pai finge não compreender.

Você entende muito bem, diz minha mãe. A única coisa que ele entende é que não se deve remexer nos bolsos. Pena, aprende-se muito assim, diz minha mãe. Há coisas que não se fazem, diz meu pai. Eu concordo, diz minha mãe. Minha dor de cabeça só piora, eu deveria tê-los prevenido. Com que direito?, pergunta meu pai. É você quem vem falar de direito? Justamente você, que dorme com a própria prima! Eu não entendo o que mamãe quer dizer. Imagino que não se pode dormir com a prima. Há leis, enfim, contra tal coisa. Não tenho certeza, nunca tive primas nem de primeiro grau. Meu pai dá um soco na mesa e se levanta, diz qualquer coisa de definitivo e aí, o senhor não vai acreditar em mim, porque parece impossível: naquele instante, as paredes do aposento começam a se mexer, a mesa fica deformada, toda mole, meus cotovelos fraquejam, a voz da minha mãe se torna terrivelmente forte: você é um monstro, um monstro! Então, de súbito, minha mãe se transforma. Ela assume a aparência de um lobo. Seu corpo se cobriu de pelos, garras cresceram nas pontas dos seus dedos compridos e, de repente, sim, o senhor não vai acreditar, minha mãe devorou meu pai. O senhor acredita em mim, não é?

3

Há cerca de uma hora ela está sentada em um banco às margens do lago. Saiu de casa logo depois de ter telefonado para Albert, a fim de avisar sobre a catástrofe. Não podia permanecer no apartamento em meio ao caos deixado na véspera, após o acesso de fúria de Eduard. Precisa de repouso. Contempla as ondulações. Adoraria se deixar embalar. Que as águas afogassem a lembrança do dia anterior.

Pensa na vinda de Albert. Há dois anos não vê o ex-marido. Ele não vai a Zurique desde o segundo casamento. Apesar de aplacado o ressentimento, ainda não consegue perdoá-lo. Nem pela partida para Berlim, nem pela separação, pelo cortejo de ofensas, pelo fato de ter sido traída, pela sensação de humilhação. Afinal, a união não estava fadada ao fracasso? O casamento nascera sob os piores auspícios, considerado um matrimônio desigual. Albert arrancara a bênção do pai em seu leito de morte. A mãe, Pauline Einstein, havia vociferado: "Você vai arruinar seu futuro e sua carreira!... Sua *'Dockerl'* (assim ele apelidava Mileva enquanto era o seu *'Johyonzerl'*), não seria aceita em nenhuma família decente!... Ela é um livro. Como você. E você precisa é de uma mulher... Antes de você completar 30 anos, ela já será uma bruxa velha."

Mileva era vista como um ser maléfico. Mileva era mais velha que Albert. Mileva era doente. "Se ela engravidar, você estará em maus lençóis!" Albert não havia permitido que ditassem sua conduta. Casaram-se em 1904. Dez anos depois, se separaram.

Pelas mãos de Elsa, Albert se reconciliara com a família. Elsa não tem nada de bruxa. Elsa não é estrangeira. Elsa faz, literalmente, parte da família. É prima em segundo grau. Pauline adorava Elsa. Einstein, o homem que desafiou as leis do Universo, obtivera o perdão pela traição dos seus 20 anos.

Seu olhar é atraído para uma menininha que corre às margens do lago. A criança escorrega, cai, machuca o joelho, chora a plenos pulmões. A mãe se precipita, cobre-a de beijos, examina o machucado, pega um lenço, enxuga a ferida. Os soluços se acalmam. Não passa de um arranhão.

Observa a mãe e a criança, que se vão de mãos dadas. Ela as perde de vista.

Tinha uma filha que se chamava Lieserl e havia nascido no dia 8 de janeiro de 1902. Lieserl tinha olhos negros esplêndidos, lindas pupilas escuras que cintilavam ao sol, lançavam faíscas, iluminavam o dia. Os grandes olhos de veludo fixam-na sem cessar, interrogam-na, inocentes: como você fez isso? Quais foram os seus motivos? Esse olhar a persegue há três décadas.

Nem o tempo nem o esquecimento vão curar essa ferida. Nada limpará o horror desse crime. Ela foi, lá se vão trinta anos, culpada da pior monstruosidade. Ela abandonou a filha pouco após seu nascimento.

Albert e ela ainda não eram casados. Todas as portas lhes foram fechadas. Ela havia sido reprovada no exame final da Polyteknikum. Ele tinha sido licenciado do seu cargo na escola particular de Schaffhouse. Não possuíam um centavo sequer. Mal tinham o que comer. Pouco depois da chegada de Lieserl ao mundo, confiaram a recém-nascida a uma ama de leite em Kac, sua cidade natal. Lieserl morreu meses depois, em consequência da escarlatina.

Um manto de silêncio recobria esse desaparecimento. Ninguém devia saber; ninguém jamais descobriria. Não contaram a ninguém. Nem sequer falavam do assunto entre si. A ferida estava lá, em seu coração, aberta e silenciosa. O nascimento dos dois filhos não a havia cicatrizado. Nada pode aplacar tamanha dor. Nada pode reparar semelhante vergonha. Lieserl havia desaparecido. Sua sombra continuaria a pairar.

Se Hans-Albert e Tete sabiam? Ainda criança, Tete entabulava por vezes estranhas conversas. "Se eu tivesse uma irmã, como ela se chamaria?... Se eu fosse menina, ficaria contente?... Se eu fosse menina, gostaria de mim do mesmo jeito?" Ela se indignava com o filho: "Está proibido de falar assim!" Ele retorquia: "Você diz isso porque não me amaria se eu fosse menina. Aqui só deixam os meninos viver!" Tete decifrava o silêncio dos mortos.

Lieserl era o segredo mais preservado da lenda Einstein, mais guardado que o dos Templários. Nenhum registro atestará jamais seu nascimento. Ainda hoje, em 1930, trinta anos depois do fato, ninguém imagina que Albert e ela tiveram e abandonaram uma criança, e que esta criança havia falecido. Lieserl Einstein tinha sido apagada da memória. Para a História, a descendência de Einstein consiste de dois filhos. Lieserl fora enterrada em um canto da Sérvia, conhecido apenas pelos dois, que jamais revelariam o local. Lieserl é uma mácula apagada dos espíritos.

E ninguém à sua volta, nem a própria irmã, Zorka, soube que ela já tinha sido mãe. Nenhuma das biografias dedicadas a Einstein, nenhuma reportagem sobre sua vida, na revista *Time* ou no *Frankfurter Allgemeine*, nada fazia menção a esse acontecimento. Nenhum epitáfio sobre o pequeno túmulo. Nenhuma prova inscrita ou gravada em mármore. Entraram de acordo quanto à vida sem rastros. O nome, Lieserl, só deve ter sido escrito em quatro folhas de papel. Quatro cartas trocadas entre

Albert e ela, por ocasião de seu nascimento.[2] Ela jurou a Albert ter queimado as cartas. Mentiu. Não pôde acender o fósforo, incendiar o papel. Essas quatro cartas são o único rastro da passagem de um anjo.

Ela abandonou a filha. Chegou a ponto de apagar seu nome da memória dos homens. É digna de ser mãe? O drama de hoje talvez seja uma punição do céu, um castigo merecido.

---

[2] A existência de Lieserl só foi revelada em 1985, quando da publicação da correspondência entre Mileva e Albert Einstein. (*N. do A.*)

Quem mandou o senhor me espionar o tempo todo? Dispõe de todos os diplomas médicos? Mostre os documentos! Tem ombros assim tão sólidos? Um dia, em vez de meus estados de alma, eu lhe revelarei meus pensamentos. Abrirei meu coração. Mergulharei sua cabeça em minhas entranhas. O senhor vai fugir correndo. Pedirá asilo. As pessoas da minha idade passeiam de braços dados ao longo da Plattenstrasse. E eu aqui, estagnado neste lugar infame, diante de um desconhecido que não me responde, não parece sensível à minha dor, me dá a impressão de estar falando com a parede.

Se o senhor tivesse um pingo de humanidade, considerando meu sofrimento, pegaria minha mão, diria que me calasse, enxugaria minha testa e me reconduziria à minha casa.

Posso lhe confiar uma coisa sem chocá-lo? Há pouco, quando deixou o quarto, um homem ocupou seu lugar. Ele não bateu à porta, o que demonstraria o mínimo de gentileza. Não se apresentou. Li em sua blusa que se tratava do inspetor Heimrat. Deixemos de lado o fato de que não preciso ser vigiado. O tempo de escola acabou. Eu já disse, estou no primeiro ano de medicina, retornarei ao assunto depois, espero. Esse senhor me ordenou, em tom descortês para um desconhecido: "Está na hora de comer, levante!" Não nos conhecemos e a intimidade me pareceu despropositada. Olhei o relógio, presente do meu pai, está vendo? Um relógio suíço; papai não poupou despesas. Olhe, na parte de trás está gravado: "Para Tete." Tete é meu apelido; também voltarei a esse assunto depois. O ponteiro marcava 11h15. Respondi a esse pretenso inspetor que era cedo demais. Na minha casa, comemos ao meio-dia em ponto. Não às cinco para o meio-dia. Sou muito intransigente quanto aos horários. Caso contrário, tudo se desequilibra em minha mente. Um minuto para o meio-dia e não tenho fome. Meio-dia e um, meu estômago se cerra. Cada um tem seu relógio biológico. Portanto, previno ao senhor Heimrat que em minha casa almoçamos ao meio-dia.

— Em sua casa?

— Sim, almoçamos ao meio-dia. Meio-dia é a hora de comer. Não temos fome antes do meio-dia. É assim na minha casa.

— E onde fica a sua casa?

— Eu sei e o senhor também.

— Pode me dar o endereço?

— Huttenstrasse, número 62, terceiro andar, porta da direita.

— E o que está fazendo longe de casa?

— Não sei.

— O que está fazendo aqui?

— Não sei.

— Reflita, Eduard. Tenho certeza de que sabe.

— Não.

— Será que se perdeu?

— Não.

— Reconhece este lugar?

— Não.

— Você foi forçado a vir para cá?

— Acho que sim.

— Por que teria sido forçado?
— Talvez por causa da minha desobediência.
— Então por que se recusa a obedecer?
— Só me recuso a ir almoçar.
— E se for uma ordem?
— Não podem me obrigar a comer; faz parte da minha constituição.
— Então vai ter que seguir a regra.
— É esse o motivo da minha presença aqui.

Enquanto pronunciava essas palavras, o inspetor Heimrat foi mudando de cara. As sobrancelhas começaram a crescer. A boca tornou-se um esgar. O nariz cresceu. De repente, o inspetor Heimrat cresceu, como acontece na adolescência. Ele cresceu uma cabeça. Experimentei um profundo sentimento de mal-estar. Meu peito palpitava. Meus tímpanos ressoavam. O suor escorria abundantemente em minha fronte. Minhas pernas tremiam. Minha mão direita, de repente, perdeu um dos dedos. Abaixei-me para pegá-lo.

— Levante! — ordenou Heimrat.

Eu não podia abandonar meu dedo. Precisava da minha mão inteira para tocar piano e também para comer. Cada gesto do cotidiano exige boa integridade física.

— Fique em pé! — berrou Heimrat.

Algo me impedia de obedecer. Já não se tratava tanto do meu dedo, do qual afinal eu poderia abrir mão. Pode-se viver com quatro dedos. Thomas Flubert, um colega do colégio, tinha cortado a mão e vivia com três. Não havia ninguém mais feliz que Thomas Flubert. Uma força incontrolável me fez cair. Pus-me a rastejar aos pés do inspetor. Ele se pôs a gritar.

— Obedeça! Levante-se!

Eu permanecia pregado ao solo. O mármore estava limpo, seu hospital era mantido impecavelmente, nenhuma crítica quanto a isso. Avistei meu dedo um metro à minha frente, bem atrás do inspetor. Se Heimrat recuasse um passo, a sola esmagaria meu dedo. Encontrei forças para estender o braço esquerdo. No segundo em que estava prestes a apanhar o dedo, senti todo o meu corpo erguido por braços possantes. Era um dos dois homens, os assistentes de Heimrat, de quem sabia os nomes, Gründ e Forlich.

— Aqui todo mundo se comporta! — avisou o que se chama Gründ.

— Quem você pensa que é para se julgar acima das leis e desobedecer ao regulamento e ao inspetor Heimrat? — perguntou o pretenso Forlich.

— Acha que tudo é permitido só porque você se chama Einstein? — reforçou Gründ.

Eu só pensava em meu dedo. Lembrei-me de que Thomas Flubert não era afinal tão feliz assim. Ele sempre precisava de ajuda para cortar a carne, embora não tivesse carne todos os dias na cantina da escola. Aliás, eu teria muito a dizer quanto à comida na escola; espero que a cozinha de seu estabelecimento seja mais bem-cuidada.

— Einstein, aqui não há privilégios! — exclamou Heimrat. — Ninguém está acima das leis. E, com certeza, não um filhinho de papai como você!... Andem logo — ordenou aos dois assistentes —, coloquem-na logo nele!

E eis por que o senhor me encontra assim, ridículo, com essa roupa idiota que me cerceia, impede o menor dos gestos, prende meus punhos e estrangula o meu pescoço.

4

Ele está sozinho na cabine. O trem roda há mais de quatro horas. O vale está recoberto de um manto de bruma que, de tempos em tempos, o vento das montanhas vem dissipar.

Às vezes, lágrimas silenciosas escorrem em suas bochechas. Às vezes, irrompe em soluços.

Ele percorreu as plataformas de todas as estações da Europa, caminhou pelas ruas de Tóquio, pisou nas calçadas das ruelas estreitas de Jerusalém, atravessou o canal do Panamá. Foi saudado pelo presidente dos Estados Unidos e pelo imperador do Japão. Foi recebido pelo arcebispo de Canterbury, preocupado em saber se suas descobertas questionavam a existência de Deus. Foi aclamado em Xangai, acolhido como herói na Quinta Avenida. A terra inteira o carregou em triunfo. E, quando ele voltava a sentar-se em seu escritório, a viagem prosseguia em seu espírito, rumo a universos nos quais nenhum homem havia pisado. Ele explorava novos mundos na poeira dos astros, navegava entre os planetas, atravessava espaços infinitos, expandia as fronteiras do entendimento humano. Decifrava ilhotas de partículas elementares, media a expansão do Universo, acreditava haver descoberto estrelas anãs, massas escuras gigantescas. Remontava à origem da criação, bilhões de anos atrás, explorava para entrever a luz, aproximar os primeiros inícios antes do instante em que se disse: "E fez-se a luz." Seus olhos contemplavam o infinitamente pequeno, seu olhar incidia sobre o imenso absoluto. Na solidão do seu quarto, inventava uma nova era, dominada pela matéria e isenta do tempo. Unificava as leis físicas, dava nova definição à luz. A luz é ao mesmo tempo onda e corpúsculo. Outra definição do tempo. O tempo transcorre mais devagar ao nível do mar que nas altitudes. Outra definição da matéria: a matéria é a curvatura do espaço-tempo. Pressentia o impensável: ondas gravitacionais existem. Haviam usado os superlativos mais insensatos a seu respeito. Ele era objeto das mais violentas controvérsias. Era bajulado, adulado, odiado. Era o gênio do século, o Cristóvão Colombo dos tempos modernos ou a encarnação do diabo. Hoje, é um homem sozinho que segue rumo à sua infelicidade.

O trem deixa para trás uma sucessão de vilarejos. Aproxima-se de Leipzig. Logo as lágrimas estancam, seus olhos estão secos.

O curso normal da vida foi rompido. A vida de Eduard e seu cérebro, sua vida, a de Mileva e a de Hans-Albert. Ele alimentava a ilusão de comandar os acontecimentos. Pensava que o destino da humanidade dependia de sua ciência. Acreditava ter resolvido os maiores enigmas. Uma mosca zumbe na cabine, bate contra o vidro, gira acima do assento à frente. Seu destino doravante voa tão baixo quanto esta mosca.

O trem se detém na estação de Leipzig. Ele vê subir um grupo de camisas-marrons. Suas botas ressoam no chão, os punhos batem contra os vidros. Passam sem vê-lo.

O trem parte. A locomotiva cospe sua fumaça negra.

Ele se pergunta se cometeu alguma falta que pudesse provocar semelhante desastre. Algo em seu comportamento teria danificado o cérebro do filho? Um gesto, uma sucessão de intenções consumaram o irreparável? Ou tudo já está traçado antes, nos genes? Nossa sorte depende do acaso.

Ele acreditou na inteligibilidade da arquitetura do mundo. Não consegue imaginar um deus que recompense e puna o objeto de sua criação. Sempre viu a razão manifestar-se na vida. E a razão, na mente do filho, não está em lugar algum.

Ele dizia: "Eu determino o autêntico valor de um homem segundo uma única regra: a que grau e com que objetivo o homem se liberou de seu eu?" E eis o espírito de Eduard privado de todos entraves, desprovido de limites.

Ele dizia: "Deus faz de nós, mortais, imortais. Criamos juntos obras que sobrevivem a nós." Eis a descendência arrastada para o vazio.

As frondes das árvores ladeiam a estrada. O trem avança em meio a uma floresta escura. A luz se filtra através das folhagens. Ele acredita avistar ao longe a silhueta de um cervo atravessando os bosques. Lembra-se dos passeios ao lado de Eduard, perto de Zurique. Passavam dias inteiros fora. Passeavam no Zurichberg, iam à Hörnli, caminhavam pela Lägern. Perambulavam em meio a enormes samambaias, sozinhos, de mãos dadas, até o anoitecer. Caminhavam sob os plátanos e os castanheiros dourados. Ensina ao filho os nomes de árvores e pássaros. A criança sorve suas palavras. Entretanto, ele já sabe tudo. Tete é muito inteligente. A criança o corrige quando diz o nome de um roedor ou de uma flor dos bosques. Mas às vezes, e de modo abrupto, a criança se retira do mundo. Eduard se ausenta. Eduard se cala. Eduard entoa um uni-du-ni-tê. E o que diz é de súbito dissociado do contexto. Seu discurso é fragmentado. Afinal, o filho não puxou ao pai? Ele também era uma criança diferente das outras, solitária, irascível, apelidada de "o Urso", e cujos acessos de raiva aterrorizavam os que lhe eram próximos. Ah, a forma de estranheza que percebe em Eduard lhe parece sem igual. Não consegue creditá-la à hereditariedade. Um sorriso que não condiz com o sentimento de tristeza. Um desejo irreprimível, imotivado. Uma cesura brutal e passageira em relação ao mundo ao redor.

Ele se pergunta se a separação pode ter acentuado os distúrbios. A distância entre ele e os filhos, o abismo cavado entre ele e a ex-mulher constituíram elementos facilitadores? E essa carga de rancor despejada pelo casal. Não! Filhos de divorciados não terminam em hospícios. Quanto à descendência dos pretensos gênios, quem pode saber em que se transforma? A única certeza é que, desde sempre, Mileva atravessou longos períodos de desespero. A única hereditariedade comprovada é a da tia Zorka.

Contudo, não quer incriminar a esposa nem sua tia. Não culpará ninguém. Não levantará um inventário dos erros. Não conduzirá a pesquisa. Não remexerá no passado. Não retomará o caminho da infância. Não aguardará a revelação de alguma verdade fatal. Não presidirá nenhum tribunal interno. Nenhuma confissão será feita. Não há maldição que aguente. Nenhuma falta cometida, nenhum ato repreensível. Não há nada a compreender. Explicar seria ofender o sofrimento. Injuriar essa infelicidade imensa, essa vida de pobre--diabo que parece principiar. Esse tempo de tormenta, de dor e de aflição no qual a existência de Eduard mergulhou bruscamente, de modo irreversível; esse mundo fora do mundo. Nenhuma explicação, nem refúgio nem consolo; não há salvação na fuga, remédio para o drama ou chave para o mistério. Não se rompe o jogo de sombras. Avaliar simplesmente a extensão da infelicidade, assim como vê desfilar, diante de seus olhos, as florestas na noite interminável.

O trem diminui a marcha. Entra na estação. Um homem adentra a cabine, senta-se à sua frente. O sujeito tira um livro da pasta e mergulha na leitura.

Na estação seguinte, responde aos acenos de uma mulher com uma criança adormecida nos braços à sua espera, na plataforma. O homem se prepara para saltar. Antes de sair, se volta e pergunta com um sorriso afável:

— Tem filhos, senhor Einstein?... Dois filhos! Como deve se sentir orgulhoso!

Encontra-se só outra vez. Imagens do Burghölzli lhe atravessam a mente. Revê a imensa construção. O lugar lhe é bem familiar. Esteve ali várias vezes no início do século, quando era estudante na Polyteknikum. No núcleo de estudos de ciências humanas, um curso de psicologia é dado pelos mais importantes professores da clínica. Como o destino pode brincar assim com os homens? Com o que se diverte Deus se tal deus existe? Quais dados acaba de lançar e com que propósito? Os dados caíram ali, naquele lugar atormentado. Ele ia ao Burghölzli quando tinha 20 anos. A idade do seu filho hoje. Pai e filho da mesma idade, com 30 anos de distância, no mesmo maldito lugar.

Ele se revê, aos 20 anos, estudante da Escola Politécnica de Zurique, atravessando os patamares do Burghölzli, onde são ministrados os cursos de ciência. Caminha pelo jardim. Não avança sozinho. Ao seu lado, Marcel Grossman e seu amigo Besso. Atrás, aquela jovem de quem gosta da voz, da doçura, da presença e cujo passo escuta arranhar o cascalho. O pequeno grupo de estudantes é recebido em uma sala reservada, afastada da ala dos loucos. Seus amigos adquiriram o hábito de deixar um lugar livre à sua direita. O assento de Mileva. Juntos, os estudantes começam as aulas, trocam opiniões. Esses cursos os apaixonam. E entediam Mileva.

Os mais eminentes psiquiatras, acadêmicos de renome e reconhecidos médicos-chefes ensinam ali. Eugen Bleuler, diretor do Burghölzli, Rorschach e Jung. Auguste Forel, doutor *honoris causa* da Universidade de Zurique, tenta transmitir suas teorias sobre o eugenismo e a esterilização forçada dos doentes mentais. Eugen Bleuler discorre sobre sua descoberta capital. Uma verdadeira revolução na ciência das almas. Doravante, não se trata mais de demência precoce; eu, professor Bleuler, inventei o termo esquizofrenia. Einstein, o que me diz?

Lentamente, a paisagem muda. Em vez de grandes planaltos e planícies, erguem-se montanhas. Atravessa túneis intermináveis. Ladeia precipícios. A neve recobre as colinas. Uma tristeza imensa paira ao longo do caminho. Ele termina cochilando.

Deve ter tido um pesadelo. O trem atravessou a fronteira. Entra na estação de Zurique. Ele se levanta, apanha a maleta, sai da cabine. Desce do vagão, atravessa o hall, encontra um táxi do lado de fora. Informa o destino ao motorista. O automóvel percorre a cidade. O dia nasce. Da rua, vê ao longe o imenso prédio erguer-se. Pede ao táxi que pare. Deseja caminhar um pouco. Paga e salta. Pega o caminho que leva ao Burghölzli.

Chega diante do prédio, toca a campainha do portão. Um homem de camisa branca abre, o reconhece, sorri, o cumprimenta e o convida a segui-lo. Caminham pelo jardim.

— Professor Einstein — diz o enfermeiro —, posso pedir um autógrafo? Sabe, para nós é uma felicidade acolher seu filho. Enfim, se é que posso me expressar assim. Minha mãe sempre repete que, quando trabalhava como garçonete no Terrasse, anotou seu pedido para o almoço. Na época, não ousou falar com o senhor. E agora, sou eu que sirvo seu filho.

Ele entra no prédio. Seus passos ressoam no mármore. Segue o enfermeiro sob um pórtico. À medida que vai avançando no corredor, os homens são cada vez mais numerosos. Alguns discutem entre si. Outros permanecem silenciosos, com o olhar fixo.

— É hora da saída — explica o enfermeiro. — Mas eles preferem ficar lá dentro. Têm medo da tempestade.

Ouve um grito às suas costas.

— Einstein! Einstein! — Ele se volta. Um desconhecido se planta diante dele, um sorriso sardônico nos lábios. — Desculpe — explica o homem —, eu o confundi com outra pessoa!

Prosseguem. Um corredor mais estreito desemboca em uma sucessão de portas.

— Não se preocupe quando vir seu filho — diz o enfermeiro. — O senhor entende, ele se mostrou muito violento.

Eles se detêm diante de uma porta. O enfermeiro tira do bolso um jogo de chaves e introduz uma na fechadura, gira duas vezes e abre. Uma luz crua inunda o quarto. Um colchão sobre uma estrutura de ferro. Em um canto do cômodo, Eduard, imóvel, sentado com as pernas cruzadas, a cabeça curvada, os olhos no vazio. Está preso em uma camisa de força.

HUTTENSTRASSE, 62

1

Ela se sente aniquilada, diminuída e destruída desde aquele dia funesto. Lá se vão três anos. Nesta primavera de 1933, ela se tornou uma mulher sem idade, de cabelos grisalhos, acabrunhada pela fadiga, os nervos em frangalhos.

A vida virou de ponta-cabeça. O mundo escureceu. Seu novo universo encontra-se delimitado pelo traçado da rua que vai da sua casa ao Burghölzli. Os meses desfilam ao ritmo das internações e das saídas. Ela vai buscar Eduard na porta do Burghölzli para trazê-lo de volta para casa. Algumas semanas depois, um acesso de demência levaria Eduard para trás dos muros.

Prefere não mais contabilizar as hospitalizações. Já não pergunta mais aos médicos sobre os benefícios de seus métodos. Não questiona mais. Contempla o sofrimento nos olhos do filho. Por duas vezes, Eduard tentou se suicidar. Ela é a companheira da loucura. Ela se associa à morte.

Toda manhã, ao levantar, pergunta-se como será o dia. Acompanha o humor de Eduard como um cão na coleira. Às vezes, tem a impressão de levar seu dono pelo caminho reto. Na maioria das vezes, deixa-se levar. Vive de acordo com os caprichos do mal, as horas reguladas por pensamentos errantes.

Não passeia mais ao longo do Limmat. Não mais perambula pelos bulevares olhando as vitrines. Não contempla mais o céu. Não se olha mais no espelho. Pouco importa o tempo. Nada que seja estranho a Eduard conta. Sua vida consiste em seis letras.

Não expressa recriminação alguma. Não se queixa jamais. Não haveria palavras para qualificar seu calvário. Faltariam pensamentos. Prefere preservar as palavras e os pensamentos, dedicar a seu filho cada instante, cada palavra, cada moeda, cada nota, cada hora, cada segundo. Seu tempo se tornou sagrado. Não quer gastar nada. Tudo que não seja destinado a Eduard é um imenso desperdício.

O quarto de Eduard é o centro do universo. O cérebro de Eduard é o senhor do mundo.

As estações desapareceram. Não haverá mês de maio bonito neste ano de 1933. A chegada da primavera é Eduard dormir uma noite inteira sem interrupção. O anúncio do inverno, uma sirene de ambulância esperando à porta de casa.

E se lhe vem a ideia de deixar a prisão de seus dias, um grito, um silêncio demorado demais vem retê-la, lhe impõe o retorno.

Às vezes ocorre um instante de calmaria. Nada piora. Ela experimenta um breve alívio. Não ousa esperar que esse momento se prolongue. Cruza os dedos. Implora ao Senhor em silêncio. Sua prece nunca é ouvida.

Um enfermeiro chamado Dieter cuida de Eduard desde aquele dia de março de 1932, em que ela havia sido forçada a se ausentar por uma longa hora. Tinha encontrado o filho banhado em sangue, os pulsos cortados.

Dieter se mantém ao lado de Eduard dia e noite. Dorme na sala de estar. De vez em quando, Eduard se recusa a deixar a porta do quarto aberta. Dieter, então, passa horas intermináveis em negociação. Quero minha intimidade!, clama Eduard. Tenho direito à intimidade como todo mundo. Não quero que outro me intimide. Todo ser humano tem direitos. Eduard tem direito a uma porta fechada. Veja a Declaração dos Direitos do Homem e do Cidadão. Ninguém pode viver sob pressão. Abrir a porta é contrário à minha dignidade humana. Dieter se cansará antes de Eduard. Eduard tem poderes mágicos. Eduard possui uma força infinita. Você não passa de um enfermeiro miserável. Eu poderia ter sido um médico famoso. Você não pode tomar nenhuma decisão diferente. Ninguém escolhe o destino de Eduard.

Sozinha, ela não tinha mais força.

A cooperação de Dieter custa uma fortuna. As repetidas estadas no Burghölzli a arruínam. O dinheiro que o ex-marido manda todo mês mal dá para cobrir as despesas. Há, é verdade, o dinheiro do prêmio Nobel. Albert tinha cumprido a promessa de lhe ceder as oitenta mil coroas outorgadas ao laureado. O dinheiro havia sido dividido em duas partes. Quarenta mil foram destinados à compra de dois apartamentos. Quarenta mil foram aplicados. O pecúlio se evaporou durante a crise de 1929. Hoje, ela dá aulas de matemática e de piano. Fará faxina se as circunstâncias exigirem. Espera que seus quadris aguentem. Nisso repousa sua única esperança: aguentar.

Ela intima o ex-marido a lhe dar mais dinheiro. Mas os nazistas confiscaram seus bens, sequestraram o dinheiro depositado no banco, despojaram-no da casa de Caputh, do apartamento de Berlim. Albert deixara a Europa arruinado. Para ele, era chegado o tempo do exílio. Depois que Hitler chegou ao poder, ele é inimigo jurado do regime. Irá viver nos Estados Unidos. A hora da grande partida soou. Foi combinado que ele viria se despedir do filho. Ela nada espera dessa visita. Sabe que ele não vai até Zurique por sua causa. Albert pouco se importa em revê-la ou não. Albert tem outras preocupações. A Gestapo está no seu encalço.

Ela espera que tudo corra bem com Eduard. Tem medo desse encontro. Receia o último adeus.

Se eu devesse acreditar em certas autoridades, nada do que vejo corresponde à realidade. Mas as pessoas que pronunciam tais assertivas existem realmente? Não são marionetes da minha mente supostamente doente? Talvez eu seja o único no universo. E, se todas minhas percepções não passam de alucinações, talvez o universo em si não exista. Talvez eu mesmo não passe de um produto da minha imaginação.

Há três anos estou no Burghölzli como um peixe na água. Entro e saio quando bem entendo. Na semana passada, tivemos a sorte de receber o doutor Jung, que sempre estudou os homens em minhas condições. Esse homem tem olhos muito doces. Basta um simples olhar e ele parece nos compreender, penetrar em nossa alma. Quando soube quem eu era, veio falar comigo. Delicado, não fez alusão ao meu sobrenome. Simplesmente se preocupou com minha saúde. Estava sendo bem-tratado? Respondi que estava tudo ótimo, exceto o incômodo por causa dos uivos dos lobos, e ele prometeu que avisaria à direção. A bondade em forma de gente.

Ao voltar para casa, encontro Dieter. Dieter é como meu irmão, só que é pago para ficar ao meu lado, ao contrário de Hans-Albert, a quem eu não vejo muito. Hans-Albert agora está casado. Gosto muito da sua mulher, Frieda. Ela teve um filho e me fez tio. É uma nova responsabilidade sobre meus ombros, mesmo que, para ser sincero, eu não sinta nada. Não devo ser digno dessa incumbência. Frieda lembra um pouco mamãe jovem, pelo menos é o que esta diz, pois eu não a conheci pessoalmente assim ou então era pequeno demais para compreender. Frieda está grávida de novo. Se for um menino, serão dois com Bernhard, meu primeiro sobrinho. Eu cuidarei dele na medida do possível, mesmo que eu seja alguém muito ocupado com meus próprios pensamentos.

Dieter, meu enfermeiro pessoal, me segue como um outro eu. Ele é encarregado de me proteger. Não vejo onde reside o perigo. Certo dia, consegui burlar sua vigilância. Então, de repente, tive a certeza de ser capaz de voar. É uma sensação de poder que, sem dúvida, ninguém sentiu antes de mim. Meus braços eram asas. O céu me chamava. Eu sabia que podia sobrevoar a cidade baixa e pousar no lago. Pessoas como eu sentem as coisas de um modo diferente. Ninguém pode nos compreender. Deslizei até a varanda. Passei a perna por cima da balaustrada. Ia realizar o que nenhum homem antes de mim realizou. O que nem mesmo meu pai jamais poderá fazer. Em resumo, eu, Eduard Einstein, seria o primeiro homem a voar. Olhei adiante. O céu me estendia os braços. Experimentei uma sensação de leveza absoluta. De repente, senti um peso em meu pé esquerdo. Alguma coisa me puxava na direção do chão, impedindo-me de realizar meu prodigioso destino. De deixar meu nome na História. E, no meu lugar, foi meu sonho que voou.

Eis por que ainda não confiei a ninguém que eu sabia caminhar sobre a água. Tenho medo da inveja. Nem todo mundo aqui é tão benevolente. Eu me lembro quando aprendi a nadar, ainda pequeno. Papai ficava na beira do lago. Escuto até hoje seus urras quando dei minhas primeiras braçadas. Até parecia uma façanha!

Na verdade, sei que apenas o que diz respeito a meu pai interessa ao senhor. Ele sempre me chamou de Tete. Na realidade, é Tede, que significa "criança" em nossa língua sérvia, a que minha mãe falava, minha língua materna. Meu irmão não conseguia pronunciar o *"d"* e dizia Tete em vez de Tede. E todo mundo ao redor ria do seu erro de pronúncia. O apelido ficou. Tete.

Ainda escuto meu pai pronunciar as duas sílabas. Volto a ser um menininho às margens do lago de Zurique. A família caminha, todos os quatro, meu pai e eu à frente, de mãos dadas. Papai me mostra as embarcações que largam sobre a água. Papai adora os barcos à vela.

— Um dia, em breve, quando você tiver idade, nós velejaremos.

— Só você e eu, papai?

— Sim, você e eu atravessaremos o lago, iremos contra o vento, enfrentaremos a tempestade, pois você sabe que há tempestades mesmo no mais calmo dos lagos.

— E eu posso pilotar, papai?

— É claro; você será o capitão e eu serei o marinheiro.

— Capitão Tete?

— Às suas ordens, capitão!

Atrás de nós, mamãe avança mais devagar. Hans-Albert a segura pelo braço. Nas minhas lembranças de infância, você está ali, perto de mim, meu irmão. Você anda ao lado de mamãe. Por que não vem agora? Nós dois crescemos. Atingimos a idade adulta. Eu mudei, você vai ver. Poderemos nos entender. Esse passeio é uma recordação precisa, imutável. Aqueles tempos existiram. Tete conheceu a felicidade nesta vida. Ele tem 4 ou 5 anos, as fotos o provam. Tete agora corre na frente do pai, depois corre em volta do pai e Einstein acha graça, para, Tete, diz rindo às gargalhadas, você me faz rir, eu escuto a voz do meu pai, não é uma alucinação, eu conheço as alucinações, mesmo que às vezes não perceba direito a diferença entre sonho e realidade, as alucinações raramente são felizes, são instantes assustadores que me deixam aniquilado. É por isso que reconheço em seguida as alucinações, porque na mesma hora me tratam como demente, não acreditam em mim. Sofro duplamente. A tempestade nunca tem fim? Por sorte, guardo boas recordações.

Desde que comecei a frequentar esses lugares, devo ter batido o recorde de presença da minha tia Zorka no Burghölzli. O senhor não conhece Zorka? Informe-se! A irmã mais velha de mamãe, senhorita Zorka Maric, passou uma longa estada aqui mesmo, no Burghölzli, no pavilhão das mulheres. Vim várias vezes visitá-la; eis por que esse lugar me é tão familiar e, para confessar tudo de uma vez ao senhor, bastante agradável. Bem, de fato, eu só venho aqui de vez em quando; é diferente para o senhor, que fica aqui perpetuamente.

Minha tia veio para cá em meados de 1920, a data deve estar anotada nos registros, mas tenho a impressão de que foi ontem. Não é de hoje que perco a noção do tempo. Tudo se embaralha em meu espírito. Quem sabe podem me ajudar a entender o tempo com mais clareza? Se fosse igualmente possível fazer calar esse barulho em meus ouvidos, eu ficaria grato. O zumbido acaba incomodando. No entanto, sou resistente à dor. No mês passado cortei as minhas veias, para mim isso não fede nem cheira, mas minha mãe ficou em tal estado que jurei nunca mais repetir. Manterei a promessa. Só tenho uma palavra, mesmo que sejamos muitos a nos expressar pela minha boca.

Tia Zorka ocupava o quarto 125, um número fácil de gravar, ao contrário do 259. Aqui Zorka se sentia bem. Entretanto, ela também se queixava das sessões de eletrochoque. Espero que parem de exercer tais atos de barbárie. Caso contrário, vou me queixar a quem de direito. Meu pai conhece muita gente.

Quanto ao resto, Zorka ficou encantada com sua estada. Ao voltar para casa, estava transformada. Uma calma irreconhecível.

Tirando uma ligeira tendência a inventar — compartilhada por tanta gente —, ignoro o que pudessem reprovar na tia Zorka. Aqui, descobrimos grandes momentos de alegria. Nós discutimos o estado do mundo. Tia Zorka detestava a terra inteira, em particular os alemães, a quem culpava pelo desaparecimento do irmão, tio Milos, alistado no exército austro-húngaro imperial e feito prisioneiro no front russo.

Tudo isso faz parte do passado. Tia Zorka voltou para Novi Sad. Hoje vive sozinha, cercada de cinquenta gatos, e só se alimenta de kipfels. Para quem gosta de biscoitos secos... Mamãe se recusa a visitá-la. Do que sou punido?

2

Ele deixou Berlim definitivamente. Passará a noite de 4 a 5 de maio de 1933 em Zurique. Quer despedir-se do filho antes de embarcar para os Estados Unidos.

Devolveu seu passaporte. Deixará de ser alemão. Não caminhará mais sob ameaça. Não ouvirá mais os clamores assassinos. Pediu demissão da Academia de Ciências da Prússia. Há três meses Hitler chegou ao poder; todos os direitos civis foram abolidos. As perseguições aos judeus redobraram de violência. Internam milhares em Dachau. Ele conhece bem Dachau. Na infância, quando sua família vivia em Munique, iam muitas vezes passear aos domingos na floresta vizinha. Iam a Germering. Iam a Starnberg. Nunca mais irá à floresta aos domingos.

Goebbels colocou sua cabeça a prêmio. Ele é o número um da lista negra de personalidades a serem abatidas. À frente de Thomas Mann, Joseph Roth, Ernst Weiss, Walter Benjamin, Alfred Döblin, Arthur Kern. Sua cabeça vale cinco milhões de marcos. No mês passado, na costa belga, onde reside temporariamente, dois membros da Gestapo foram presos perto da sua residência.

Seu amigo Michele Besso lhe disse: "Você e Eduard compartilham a mesma existência. Seguem vocês como uma sombra."

Em que estado ele encontrará Tete? Qual será a disposição de espírito do filho em relação ao pai? As últimas cartas do rapaz são marcadas por uma raiva extremada. O filho devota ao pai um ódio sem limites. Em que medida deve tomar essas palavras ao pé da letra? O que há de verdade e de loucura em tudo isso?

Seu amigo Michele Besso, que mora em Berna, serve de elo entre Teddy e ele. Michele sempre demonstrou particular ternura por seu filho caçula. Regularmente, visita Eduard em Zurique e relata nas cartas o estado de seu filho. A correspondência entre eles poderia lotar caixas inteiras, pois já dura vinte anos. Foi a Michele que dedicou, em 1905, o artigo sobre a teoria da relatividade. Michele foi o primeiro a ler a fórmula $E = mc^2$. Foi Michele quem o convenceu que decididamente sua intuição estava correta; o funcionariozinho de segunda classe do Departamento de Berna revolucionaria a física mundial. As correspondências tratam basicamente de física e de matemática. Há três anos, contudo, as cartas de Michele são respingadas de censura. Por que não visita Tete com mais frequência? Por que não leva Tete com ele para os Estados Unidos? O rapaz precisa do pai. Na maioria das vezes, ele não responde, deixa passar várias semanas antes de pegar a pena. Besso, que não é homem de se dar por vencido, volta regularmente ao assunto.

Um dia, quem sabe, levará Teddy para os Estados Unidos. Um dia, pai e filho retomarão a estrada como outrora, quando iam caminhar nas trilhas das montanhas. No momento atual, porém, a longa viagem é inconcebível. Teddy é incontrolável. Como imaginar a travessia do Atlântico? Teddy sozinho em um navio no meio do oceano. O rapaz já tentou duas vezes pular da janela do número 62 da Huttenstrasse. Mileva e o enfermeiro o salvara por um triz. Como o filho suportaria uma viagem de vários dias e o chamado do vazio, do abismo que o convoca? Como aguentaria uma semana a bordo, ao lado de um pai que diz odiar mais do que tudo no mundo, a quem responsabiliza por seu estado, por seus mínimos fracassos? Deve oferecer tal viagem rumo à morte prometida?

Também imagina a chegada a Nova York. Einstein desembarca nos Estados Unidos. Os flashes pipocam, as multidões se aglomeram. E quem é o rapaz de ar meio ausente ao lado do gênio? Ele imagina a fotografia de pai e filho, lado a lado, na primeira página do *Times*. O artigo insinuando a dúvida nos espíritos. A insistência dos jornalistas em entrevistar seu filho. O desespero brotando no discurso delirante. Não, Eduard não é um animal de circo.

Ao contrário da opinião difundida, os Estados Unidos não acolhem Einstein de braços abertos. Um grupo de pressão importante, a Corporação da Mulher Patriota, conduz uma campanha para impedir-lhe o direito de entrada no país. Uma petição organizada com esse propósito reuniu milhares de assinaturas. O grupo e seus partidários o acusam de simpatias comunistas. Reprovam seu pacifismo. O FBI investiga. Sua oposição ao regime nazista lança dúvida sobre ele. Seus artigos publicados na imprensa americana desde 1925 contra a segregação racial lhe valem inúmeros inimigos. Já foi avisado, não será fácil obter a cidadania norte-americana. As portas da Ellis Island[3] começam a se fechar. O governo Roosevelt exige de todo imigrante judeu--alemão um atestado de boa conduta emitido pelo governo... nazista! O Departamento de Estado recusa a admissão de todos os refugiados fichados pela Gestapo.

Sua resposta aos ataques da Corporação da Mulher Patriota foi publicada na primeira página do *New York Times*: "Nunca, até então, tinha sido objeto de tamanha rejeição por parte de

---

[3] Ilha situada no porto de Nova York e Nova Jersey, que funcionou de 1892 a 1954 como porta de entrada para milhões de imigrantes. (*N. da T.*)

alguém do belo sexo e, se isso me aconteceu, nunca de tantas ao mesmo tempo. Mas não têm razão essas cidadãs vigilantes? Por que abrir as portas a alguém que devora os capitalistas sem coração com tamanho apetite?"

Tete nos Estados Unidos? Eduard precisa de calma. Esse rapaz precisa do espetáculo do lago calmo e longínquo, dos tetos da cidade, dos Alpes. Nada deve perturbar sua mente, obstruir a máquina, acrescentar um grão de areia ao grão da loucura.

Michele Besso está enganado. Atualmente, Teddy não precisa do pai. Sua simples presença transtorna o equilíbrio mental do filho. Ele é a causa de alguma coisa. Ele se vê como um espectro, um fogo-fátuo agitando-se na mente de Teddy.

Ele faz parte do imaginário coletivo. Ele é a obsessão de Goebbels e do chefe do FBI. O grande mufti de Jerusalém o acusou recentemente de querer, ele, Einstein, destruir a Mesquita de Omar. Ele é essa figura esmagadora em uma mente frágil.

Vai dar o último adeus ao filho. Ele ama Tete mais que tudo no mundo. Ele deixa a Europa. Sua casa foi pilhada pela Gestapo sob o pretexto de que podia esconder armas destinadas aos comunistas. Nada resta do seu passado na Alemanha, nenhum momento de glória, nada de devaneios felizes.

Protejam-se! Disseram que papai está chegando. Tumulto de combate na casa. O patriarca retorna. Havia meses não víamos o ausente. Estendem-lhe o tapete vermelho. Vai ser recebido com pompa e circunstância. O que mamãe acha? Que Einstein vai voltar a viver em Zurique como nos bons e velhos tempos? Meu pai está apenas de passagem. Vai sentar-se no sofá como em terreno conquistado. Apagadas as ofensas. *Ecce homo.*

Pelo que dizem, meu pai não mais nada em dinheiro. Adeus casa de campo nos arredores de Berlim! Hoje vive em cabana de madeira na costa belga. Bem feito, Albert. Você adora bancar o esperto. Você provoca o mundo, você enxovalha o povo com sua genialidade, esmaga tudo à sua passagem. Com Adolf, trata-se de combate de bigode contra bigode. Papai, você que queria me dar lição, por fim agora aprende como é a vida. Não é doloroso esse peso sobre os ombros?

Explicaram-me que papai estava deixando a Alemanha por causa dos judeus. A grande questão do momento, do outro lado do Reno, é quem é judeu e quem não é. A gente sabe que as pessoas não são doentes a ponto de ligar para coisas semelhantes. Falem de raças superiores no Burghölzli! Somos todos iguais perante o inspetor Heimrat.

Para a chegada de papai, prometo, não falaremos de super-homens. Mamãe quer que seja uma festa. Uma dezena de convidados comparecerá. Nunca se viu isso. Bufê e música ao vivo previstos. O pai pródigo à casa torna. Mamãe está emocionada. Manda que eu arrume meu quarto. Entendo a mensagem nas entrelinhas. Devo esconder as revistas pornográficas debaixo da cama. Não tenho nada a esconder.

A última visita de meu pai não transcorreu bem. Ele quis me dar lição de moral. Quer me ensinar a viver. Que eu seja razoável. Tarde demais, papai. Devia se preocupar com Teddy antes. Teddy não existe mais. Eduard será o primeiro homem a voar com as próprias asas.

3

Ela vê o filho e o ex-marido reunidos, talvez pela última vez. Têm os olhares voltados para a partitura da *Sonata para Violino e Piano nº 3* de Brahms. Ela vira uma a uma as páginas da partitura. Albert se mantém à direita de Eduard. Um mesmo brilho reluz no fundo dos olhos dos dois. As mãos de um acompanham os gestos do outro. Às vezes, o pai se detém para deixar o filho tocar solo, depois é o filho que se inclina e deixa o pai sobressair. Pronto, tocam a mesma partitura. Comungam, estão juntos. É possível dizer que Brahms compôs essa música para eles.

    Ela pressente ser o último concerto, o último encontro oferecido pelo destino. Essa sonata é seu canto do cisne. É isso, o final chegou. O pai ergue o arco. As mãos do filho permanecem no ar. O silêncio inunda o aposento. Ela se contém para não estreitar os dois nos braços e beijá-los. A pequena plateia aplaude. Eduard agradece e se retira.

    Os convidados foram embora. Ela se encontra sozinha com o ex-marido. Eduard está no quarto. Não se houve mais nada. O temor quanto a esse silêncio súbito aflora. Nesse instante, proíbe-se de pensar no pior. Observa o ex-marido guardar o violino no estojo, pousar delicadamente o arco. O violino fará com ele a viagem para os Estados Unidos.

A sensação é semelhante à experimentada ao deixar Berlim em 1914. Com esse homem que há tempos considera, na melhor das hipóteses, um estranho, na pior, um inimigo, ela teve três filhos, compartilhou anos de felicidade. É, sem dúvida, a última vez que o vê. Seus olhares ainda não se cruzaram. Não trocaram uma palavra. Ela acaba de arrumar as garrafas e as taças.

— Foi uma bela noite — dispara. — Acho que todo mundo foi embora feliz. Helena ficou radiante de rever você. Afinal, ela o conheceu antes de mim. Vocês dois teriam formado um belo casal quando tínhamos 20 anos. Bem melhor que a pobre coxa e o grande gênio.

Ele não gosta de ouvi-la falar assim. Diz que os dois formavam o mais lindo dos casais.

— Você vai ficar zangado comigo, mas eu guardei todas as cartas daquela época. Não se irrite, vou queimá-las como prometi. Eu as conheço de cor agora... "Meu amor querido, assim como minha velha Zurique me dá a impressão de estar de volta a casa, assim é a saudade que sinto de você, meu amor, minha meiga mão direita. Aonde quer que eu vá, não me sinto em lugar nenhum, e a doçura de seus braços..."

Ele a interrompe:

— Sua carinha bonita radiante de ternura e de beijos me faz falta.

— Esta carta é datada de 3 de agosto de 1900. Imagine só, lá se vão trinta anos. Estávamos em Berna, em nosso quartinho na Gerechtigkeitsgasse. Mal tínhamos água corrente. Mas tudo parecia bem fácil. Era como se a graça tivesse caído sobre nosso quarto. Você vivia em estado febril. Falava sozinho. Ou se dirigia a Newton afirmando que ele estava enganado, explicava a Galileu o que ele não havia compreendido. Eu o observava em seu escritório. Você pegava uma folha e uma caneta-tinteiro, e a folha se escurecia sem o menor esforço. A tinta acompanhava o fio do seu pensamento. O mais surpreendente era a certeza que você tinha de realizar algo imenso. Eu levava sua correspondência ao seu amigo Habicht. Você não queria deixar o quarto com medo de algo lhe escapar. Habicht leu sua carta na minha frente e caiu na gargalhada.

Ele se lembra da carta:

Caro amigo, prometi quatro trabalhos dos quais poderei enviar em breve o primeiro. Trata-se da radiação e da luz de modo absolutamente revolucionário. O quarto ainda está em fase de esboço: trata-se da eletrodinâmica dos corpos em movimento que repousa sobre as modificações da teoria do espaço e do tempo.

— Albert Einstein, aos 24 anos você revelaria ao mundo o que eram o espaço e o tempo. E tinha razão!... Eu nunca duvidei.

Ele sabia. Ela lhe tinha sido tão valiosa. Sim, sua meiga mão direita. Ele escutava seus passos na escada e, quando ela, resfolegante, descansava alguma sacola de compras, ele prometia que em breve se mudariam. Um dia, garantia, ganharei o Nobel e vou lhe entregar todo o dinheiro do prêmio!

— Você manteve sua promessa... — Ela deixa passar um tempo e dispara mais gravemente: — O que nos levou a isto? A culpa é minha, não é? Eu deveria ter ficado com você em Berlim. Deveria ter lutado por você. Além disso, às vezes penso em como poderia ter sido nossa vida se Lieserl estivesse conosco.

Ele não gosta que mencionem Lieserl. Não quer despertar os mortos.

— Fui colocar flores em seu túmulo há um mês. Na aldeia, eles cuidam disso. No meu país, dizem que a alma das crianças vela sobre os outros túmulos, dizem que são anjos. Muitas vezes acho que Deus me puniu por tê-la abandonado. Não acha que

Deus nos pune por nossas faltas? Caso contrário, por que toda essa infelicidade que se abate sobre nós? Por que Eduard...? Desculpe — diz ela, enxugando as lágrimas. — Você vai passar muito tempo fora?

Ele não pode responder com exatidão. Pressente que passará muito tempo longe. Meses, sem dúvida anos, transcorrerão antes de voltar a pôr os pés na Alemanha. Nada na situação atual o deixa augurar uma mínima melhora. Hitler não é uma ave passageira. O povo se reúne atrás dele como se todos não passassem de um só homem. A juventude atira livros ao fogo. Em seis meses, a Alemanha mudou mais que em um século.

— Em Zurique você está em casa. Estará sempre em casa. Pode até vir com Elsa.

Ele agradece. Ela sempre se mostrou bastante acolhedora. Nunca o elo entre os dois foi totalmente rompido.

— Agora — diz ela —, chegou a hora de se despedir do seu filho.

Meu pai vai querer entrar no meu quarto e falar comigo, eu sei. Sou muito intuitivo. Einstein vai abrir a porta e aparecer. Não quero que apareça. Pena não ter o poder de fazer com que a porta não se abra. Tenho inúmeros poderes, mas não este. Um dia, possuirei este. Um dia, terei todos os poderes. Serei como meu pai. O que posso, em contrapartida, é me transformar em cachorro. Eu me metamorfoseio de acordo com minha vontade. Ao entrar, Einstein verá um cachorro estendido na cama. Não ficará surpreso. Nada o surpreende. Ele fechará a porta. A partida estará ganha. Não falarei com ele. Recuso-me a dirigir-lhe a palavra. Ele cometeu um erro grave. Um crime de lesa-majestade contra o próprio filho. No segundo movimento, Einstein esqueceu um dó sustenido. De propósito, só para me confundir. Ele conseguiu seu objetivo. Ele não suporta que eu esteja à sua altura. Teme as rivalidades. É dono de uma inteligência superior. Durante todo o final do segundo movimento, eu tive um tempo de atraso. O público percebeu. Riu disfarçadamente, eu vi. Sempre debocham de mim quando meu pai está por perto. Para ele, os vivas; para mim, os sarcasmos. Lavarei a afronta. Caso a porta se abra, o cachorro vai saltar na sua garganta. Eduard não é o rapaz gentil que pensam. Posso me comportar como uma besta selvagem quando me provocam. Não, finalmente vou conservar uma aparência humana. Não quero que ele conheça meus poderes mágicos. Corro o risco de que ele os roube. Esse homem é um usurpador. Por que acham que os alemães o detestam acima de tudo? Não há fumaça sem fogo. Os alemães não podem enganar-se a respeito de tudo. Um dia, eu me transformarei em alemão para quebrar as vitrines das lojas dos judeus e molestar os anciãos devotos. Os alemães possuem todos os poderes. Conseguiram até fazer meu pai fugir da terra deles. Mas não me deixarão virar alemão. Eles são muito intransigentes quanto às origens. Devo permanecer eu mesmo. Talvez seja melhor assim. Einstein vai encontrar o filho atravessado em seu caminho.

4

Ele bate à porta do quarto de Eduard e não obtém resposta. Tenta de novo. Nada. Gira a maçaneta, lança um olhar. Apenas a claridade da rua ilumina o aposento. Pela janela entreaberta, entra um vento leve. Sentado na cama, com um cigarro entre os dedos, Eduard contempla a fumaça que sai de seus lábios. As sombras projetadas pela cortina dançam sobre as paredes.

— Alguém disse que podia entrar? — pergunta Eduard.

A penumbra lança sobre o rosto do filho uma careta de dar medo. Uma risada irrompe na escuridão. Ele não reconhece esse riso. No quarto, reina um odor pegajoso. Tem a impressão de insinuar-se em um lugar povoado de pesadelos. Acaba perguntando se pode entrar.

— Precisa de uma autorização.

Ele não ousa avançar. Acima da cama, afixado à parede, avista o imenso retrato de Freud, a quem o rapaz devota verdadeira veneração. Pequenas fotografias pornográficas presas ali e acolá. No chão, roupas e livros espalhados. Reconhece alguns de sua biblioteca: Kant, Schopenhauer, Goethe.

— Procurou alguém para entregar a permissão? É preciso conhecer as pessoas certas. Minha mãe é uma delas. Pediu à minha mãe? Ela está habilitada. Se ela lhe concedeu o visto, pode entrar.

Ele obedece.

— Está vendo? Não é complicado. Para uma estada prolongada, é mais difícil. Sou penalizado administrativamente. Mas, para uma única visita, facilitam as coisas. Nada de papelada inútil, nada de tagarelice. Tudo permanece muito humano. Mesmo que a familiaridade não seja jamais bem-vinda, assim como a cólera ou o rancor. Mas você nunca se mostrou muito familiar, ou então já não me recordo.

Ele tenta calar suas angústias e temores. Recompõe as ideias. Ali, à sua frente, está seu filho, irreconhecível, endurecido pela provação. Enquanto tocavam Brahms, tinha vivido a ilusão de tê-lo reencontrado. Uma forma de graça familiar emanava de Eduard quando suas mãos dedilhavam o piano. A harmonia reinava entre eles. Doravante, uma ponta de orgulho deforma seu rosto. Um sorriso doloroso compromete sua expressão.

— Espera alguma coisa de mim ou é uma simples visita de cortesia?

Adoraria estreitar Eduard nos braços, embalá-lo devagar e, com um movimento, fazer com que ele recupere a lucidez. Ah, seus grandes olhos parecem apagados. E sua mente parece insensível ao mais simples abraço. Algo está ancorado na alma do filho, aprisionado bem no fundo, uma verdade temível onde nada mais de doce ou calmo se revela.

— Sua visita tem alguma segunda intenção? Eu desconfio, sabe? Prefiro não pensar nas consequências de meus atos. Pensar no passado não leva a nada de bom. O ideal, em minha opinião, seria observar a vida sem qualquer desejo. A maior fábula inventada é a do conhecimento. Mas não é a você que vou ensinar isso. Ah, ouvi dizer que vai partir para os Estados Unidos. É isso, não é, você vai para os Estados Unidos? Detesto os americanos. Eu os vejo se pavoneando nas calçadas dos cafés com seus maços de dólares. Eles berram, se julgam em casa enquanto é o contrário. Também decidi deixar de lado essa ideia de prosseguir com meus estudos de medicina. Conheci psiquiatras. São uns ignorantes pretensiosos. Acreditam ter a ciência infundida. Eu tenho a consciência confusa. Conheço melhor que eles os meus problemas. Eles usam palavras complicadas para coisas simples. Talvez se lembre de que me internaram como se eu fosse louco. Você não acha que sou louco, acha? Tem gente que acha. Percebo no olhar deles quando falo com os lobos ao cair da noite. Vai dormir aqui esta noite? Então também deve tomar cuidado. Os uivos vão incomodá-lo. Quer que eu empreste a régua metálica que nos protege quando é colocada debaixo do travesseiro? Posso dispensá-la por uma noite. Afinal, você é meu pai. Eu lhe devo obediência e respeito. Você vai me devolver o favor na mesma moeda? Não estou aqui para lhe dar lição de moral, mas contam muitas coisas ruins a seu respeito na imprensa alemã que se lê aqui. Quando mamãe está zangada com você, alega que você tem o que merece. Ela é meio rancorosa, sabe como é. Não tinha que se mudar para Berlim quando Zurique é uma cidade tão calma, mesmo para vocês, judeus. Quer dizer, isso se não existissem esses malditos lobos. Será que sempre temos o que merecemos? Pessoalmente, não fiz nada de errado que possa justificar o que passo. Não sou como você. Você tem um destino. Ninguém vai se apropriar do seu caminho. Já eu, tenho a impressão de que eles são vários. Nada é verdadeiramente traçado. Se não me engano, certo dia, quando eu era bem pequeno, você me abandonou no meio de uma floresta e um animal selvagem me segurou pelas presas e me levou para casa. Não tenho raiva de você. Sei que é meio distraído. O importante é ser conduzido para casa. Não sou muito apegado ao modo nem aos grandes princípios, desde que me acompanhem a um lugar seguro. Tenho o espírito brando, isso não desagrada os médicos... Você tocou uma nota errada na *Sonata* de Brahms no terceiro movimento. Você esqueceu um dó sustenido. Foi de propósito, para me desconcentrar, ou foi Brahms quem se enganou? Eu me tornei indulgente, sabe? Aprendi muito com a experiência. Posso entender tudo a seu respeito.

Ele gostaria de fazer uma pergunta, algo que lhe aperta o peito e que ainda não ousou perguntar. Ignora se é uma boa ideia. Vale a pena refletir a respeito. Amanhã será tarde demais. Então, vamos lá, poderiam pensar, juntos, sobre a possibilidade de irem os dois para os Estados Unidos?

— Quer que eu vá com você para os Estados Unidos?

A partida está programada para dentro de uma semana. Temos tempo para resolver todos os assuntos. Não o avisou antes por julgar essa longa travessia complicada. Agora, cara a cara, isso parece evidente. Vão partir juntos, tomar o navio e instalar-se em Princeton. No início, é claro, será tudo meio provisório. Mas, aos 20 anos, zombamos do provisório, não é? E depois vão passear em um veleiro que ele comprará; perto de Princeton existe um pequeno lago. Os dois velejarão como antes, capitão Tete. Voltaremos à terra firme e encontraremos um restaurantezinho no qual possamos comer peixes gostosos. Então, o que acha, Eduard?

— Acompanhar você? Prefiro morrer!

5

Da varanda, ela o acompanha com o olhar. Ele caminha a passos largos na rua deserta. O sol nasce e projeta uma sombra atrás dele. Ele se aproxima do cruzamento. Por um instante, espera que ele se volte, erga a cabeça em sua direção, acene um adeus com a mão. Na esquina, ele pega a direita. Ela sente um aperto no coração. Pressente que não verá mais aquele homem, o único que conheceu, o único que amou e a quem odeia tanto quanto é possível. Busca sua silhueta entre os prédios. Não avista ninguém. Passeia o olhar sobre os tetos. Um sol pálido brilha. O lago resplandece. Hoje será um lindo dia.

Ela entra, fecha a janela, atravessa a sala de estar, dirige-se ao quarto de Eduard, entreabre a porta, vê o filho esticado, as pálpebras fechadas, dormindo no chão em meio a livros e roupas. Não tem autorização para arrumar o que está no chão. Seu olhar é atraído pelas fotografias pornográficas na parede. Deve aguentar tudo em silêncio. Fecha a porta. Com cuidado para não o despertar.

Dirige-se ao grande armário da sala de estar, tira sua caixa de sapatos guardada na prateleira de baixo, senta-se, retira a tampa, pega um envelope da pilha de cartas. É sua maneira de aplacar a dor: apanhar ao acaso os restos de alguns minutos dos dias felizes. Contempla o envelope, lê a data no selo. Estamos em 1900, é verão, mês de agosto. Desdobra a carta. Escuta de súbito uma voz que, murmura em seu ouvido.

Zurique, quinta-feira, 19 de agosto de 1900.
Mileva, meu querido amor, deve estar surpresa por eu reaparecer de novo tão cedo! Uso o menor pretexto para escapar do tédio ao meu redor. Encontro muita dificuldade em esperar o momento em que poderei de novo viver com você e apertá-la contra meu coração. E, felizes, trabalharemos num esforço contínuo e teremos dinheiro aos montes. Se o tempo estiver bom na próxima primavera, iremos colher flores em Melchthal.
Seu Albert.

Ela viaja trinta anos no tempo. As intenções do jovem a deixam leve, contente. Ninguém antes lhe falou assim. Aproxima a carta do rosto, inspira profundamente, e depois enfia de novo a mão na caixa. O verão de 1900 terminou. Eis-nos no final de setembro.

Você é minha única esperança, minha querida, minha alma fiel. Se eu não pudesse pensar em você, não conseguiria viver em meio a esta triste humanidade. Tenho orgulho de ter você; você e seu amor me fazem felizes. Serei duas vezes mais feliz quando puder apertar você contra meu peito, ver seus olhos amorosos, que só brilham por mim, e beijar sua querida boca, que só por mim estremeceu de prazer. Para estudar o efeito Thomson, precisei recorrer de novo a outro método que se assemelha ao seu, para determinar como K depende de T, o que pressupõe também tal pesquisa. Se pudéssemos começar a partir de amanhã!

Tentaríamos a todo o custo nos entender com Weber. Seu laboratório é o melhor e o mais bem-equipado.
Um beijo,

Seu Albert.

Outra!, ordena seu coração. Ela quer que os eflúvios do passado se prolonguem. Quer acreditar-se bela, amada. Saborear essas horas radiantes. Que um risco de pena apague trinta anos de escassez. Ouvir o sussurro de juras eternas. Quer ter vinte anos quando tem cinquenta. Que o passado seja por um instante a verdade do dia.

Um poema agora, o único recebido. Talvez o único já escrito por Einstein.

Minha amada tão doce,
Canção camponesa
Ai, ai, ai, o Johonzel,
Está completamente louco.
Acreditando que seja sua Doxerl,
Abraça o travesseiro, o louco.
Quando meu amor se aborrece,
Fico muito desolado.
Sacudindo os ombros, ela oferece
Um "não faz mal" encabulado.
Meus pais. Acham meus pais
Que isso não faz sentido...
Mas preferem calar seus ais
Senão acabariam abatidos.
Minha Doxerl, seu biquinho,
Eu adoraria escutar,
Depois bem contentinho,
Com o meu o seu fechar.

Ela teme ser dominada pela boa impressão. Apanha a carta no envelope preto. Havia mudado o envelope, como prova de luto. A carta tinha sido enviada por Einstein a Helena, a amiga em comum.

Berlim, 8 de setembro de 1916.
Nossa separação é uma questão de sobrevivência. Nossa vida em comum se tornou impossível e até mesmo deprimente. Por quê? Não saberia explicar. Também abandonei meus meninos, a quem, apesar de tudo, amo de todo o coração. Para meu mais profundo pesar, notei que eles não compreendem o rumo que tomei e têm por mim uma espécie de rancor. Embora doloroso, acho que para o pai deles é melhor deixar de vê-los. Ficarei satisfeito se eles se tornarem homens honestos e estimados, pois são inteligentes, salvo o fato de que não exerci nem exercerei nenhuma influência na educação deles.
Apesar de tudo, Mileva é e será sempre uma parte amputada de mim. Não me aproximarei mais dela. Terminarei meus dias sem ela.

Ela ouve o rangido do piso. Arruma as cartas às pressas, esconde a caixa debaixo do sofá. Seu filho aparece na porta da sala de estar. Está nu. Ela se esforça para não desviar o olhar, para fitá-lo nos olhos.

— Sabe onde está guardada a régua de ferro que eu coloco sempre debaixo do travesseiro? — pergunta Eduard. — Os uivos dos lobos não me deixam dormir.

PRINCETON — HELDENPLATZ

1

Ele sobe a Mercer Street sob o sol ainda fraco no céu de Princeton. Uma espécie de força e de serenidade emana das moradias de beleza rústica; a ilusão de um mundo em paz. Ele pensa no encadeamento de coincidências e dos golpes do destino que o conduziram para longe do caos, como se apartado do mundo, até aqui, neste mês de dezembro de 1935. Uma revoada de patos atravessa o céu na direção do lago abaixo. À sua frente, a rua parece prolongar-se rumo ao infinito. Ele pega a Jones Street e inicia a travessia do parque, no qual se destaca a construção de estilo neogótico do Alexander Hall, onde, na terça, ele apresenta conferências. Desce uma aleia sinuosa plantada com árvores cujas folhas formam espécies de lagoas alaranjadas neste final de outono.

Cruza com um grupo de estudantes que não fazem caso de sua presença. Algumas gargalhadas. É possível que, em um mesmo instante, de um lado e de outro do oceano, uma mesma juventude queime, aqui cigarros e, lá, livros? Ele pensa no que acontecerá com esses jovens americanos de ar ingênuo, rosto radiante, quando se encontrarem combatendo a juventude alemã preparada para a luta, ávida de sangue e de pureza racial. Pois haverá uma guerra. Está convencido. A única esperança de Albert Einstein repousa nesse conflito. Eis no que os alemães transformaram o arauto do pacifismo, em um incitador ao crime.

Mais adiante, passa por dois jovens, um segurando um bastão de beisebol, o outro, a mão enluvada, preparando-se para lançar a bola. Há dois anos vive nos Estados Unidos da América, e esse espetáculo continua a fasciná-lo. Segue seu caminho. Um vento suave levanta as folhas. Ele chega à margem do lago Carnegie, senta-se em um banco e contempla as águas calmas, onde, de vez em quando, um grupo de remadores, o capitão dando o ritmo com seu megafone, vem romper o silêncio. O tremular das vagas deixadas pela passagem da embarcação forma pequeninas cintilações. Depois tudo fica calmo. Uma família de patos corta a corrente d'água.

Já faz alguns meses que ele tem a sensação de fazer parte da paisagem. Sua casa, no número 112, deixou de ser uma atração. Apenas seus amigos ainda o visitam. Pedem sua intervenção para facilitar a entrada de exilados da Alemanha nos Estados Unidos. Suas tentativas para organizar a proteção dos judeus-alemães redundam em fracassos. Ele lograra convencer um membro da Câmara Britânica de Deputados a propor uma petição visando ao acolhimento, na Inglaterra, de eruditos judeus expulsos e ameaçados. Apenas alguns representantes votaram a favor da petição. A cada dois ou três dias, um jornalista o entrevista e pergunta sobre a situação na Alemanha. Por que o senhor conclama o boicote aos Jogos Olímpicos de Berlim? A situação dos judeus é tão terrível quanto alegam? E agora, antes de dar prosseguimento ao nosso programa com o professor Albert Einstein, a senhorita Audrey Memphis vai nos anunciar os méritos do creme Lux. É com você, Audrey.

Ninguém mais sai vivo de Dachau. Conheceremos tempos piores do que o ano de 1935? Podem nos deixar com fome, proclamou o Alto-Conselho Judaico de Berlim, mas não poderão nos matar de fome.

Em novembro, por ocasião do Congresso de Nuremberg, a "lei para proteção do sangue e da honra alemã" foi promulgada. O texto legisla sobre quem faz parte da raça ariana e quem faz parte da raça judia. Os alemães inventaram o conceito de uma terceira raça, o indivíduo "mestiço de judeu", o *Meschlinge*. É definido como *Meschlinge* em primeiro grau todo indivíduo com dois avós judeus que não se tenha declarado de credo judaico e não tenha cônjuge judeu na data de 15 de setembro de 1935. É declarado *Meschlinge* em segundo grau toda pessoa que tiver apenas um avô judeu. De acordo com a lei, os *Meschlinge* possuem uma parcela de sangue germânico que lhes autoriza pertencer à nação alemã e demover, dependendo do grau, a influência nefasta da sua parte judia.

Hans-Albert e Eduard Einstein são *Meschlinge* em primeiro grau.

Dizem que agentes do FBI circulam pela Mercer Street perto do 112. J. Edgar Hoover, o novo homem forte da agência, estaria convencido de que Einstein é um agente a serviço de Moscou. Seu visto provisório não o protege da expulsão. Seus apelos ao pacifismo, sua crítica ao sistema capitalista, suas simpatias socialistas, seu engajamento a favor dos negros americanos o desacreditam. Grupos americanos ainda sonham em vê-lo despachado para a Alemanha.

Ele sobe pela Baker Street, pega a Mercer, chega ao 112, entra no jardinzinho, sobe os poucos degraus da escada externa, gira a chave na fechadura, atravessa o vestíbulo, entra na grande sala de estar onde estão dispostos os poucos móveis Biedermeier salvos do apartamento de Berlim. Todo o resto — os sabres, os bibelôs, os presentes de príncipes e ministros que o receberam e homenagearam mundo afora — foi saqueado ou roubado pelos SS. Uma voz fraca e trêmula pergunta se é ele. Abre a porta do quarto. Elsa está sentada, o braço esquerdo pendurado, o olho direito semicerrado. Recentemente, foi acometida por um acidente vascular cerebral. Um pouco de espuma suja o canto de seus lábios. A enfermeira do dia deve estar atrasada. Elsa esboça um sorriso. Ele senta-se na beirada da cama, apanha um lenço, enxuga as comissuras de seus lábios. Dá um beijo em sua testa, diz que o dia está bonito lá fora. Algumas palavras escapam da boca da esposa. Ele acredita compreender que Michele Besso telefonou de manhã e que Elsa teve força para atender, mas não para manter uma conversa. Responde que mais tarde retornará a ligação de Michele. Permanece por um instante à cabeceira de Elsa. O olhar repousa na urna de metal disposta perto da cama e que guarda as cinzas de Ilse. A filha de Elsa faleceu faz um ano em Paris, aos 30 anos, de tuberculose. Elsa quer conservar a ilusão de ter a filha junto dela. Ele desistiu de enterrar a urna no jardim.

Aperta sua mão, deixa o aposento, dirige-se ao escritório. É a segunda vez que Michele Besso liga. Em geral, o amigo não telefona. Escreve cartas compridas. Michele Besso é o ponto de referência da sua existência. Ele ainda vive em Berna e continua a visitar Eduard regularmente. Michele ajuda Mileva, manda notícias em suas cartas, oferece conselhos. Só existe uma única correspondência de Michele à qual ele não respondeu.

Berna,
Da minha cela monástica entre os homens
Meu querido e velho amigo,
Ao olhar à volta, vê-se sofrimento por todo lado. Mesmo ao homem mais poderoso, não é permitido aliviar todos os sofrimentos que descobre e para os quais deve estabelecer limites. Caso queira ficar em paz com sua consciência, dois caminhos se abrem: o da criança, que se deixa guiar pelo instante, derrama lágrimas e vive a alegria do instante

de forma pura e por completo. Ou o do adulto, que, ao alcançar a idade das responsabilidades e da força criativa, atingido por uma imagem da construção na qual trabalha, a ela dedica todas as suas forças e, na concretização do projeto ao qual seus sacrifícios deram seriedade, descobre um novo mundo à sua frente.
Por isso tenho afeição por seu filho Eduard. Quais laços nos unem? Minha juventude e a sua, a época em que seu gênio lhe trazia descobertas aos montes, exigindo que você, com esforço e tenacidade, extraísse a adequada e a pura alegria que me despertavam, e minhas inúmeras objeções, as penas de outrem, semelhantes às minhas, a situação difícil ao lado de um pai famoso, a desunião diante de nossos olhos e que nos atormenta tão profundamente. E o destino, que terminou por transformar meus sinceros esforços para sua paz e a de Mileva em agente de sua separação.
O fato é que esses laços entre mim e Eduard existem. Ora, poderiam dizer: ele tem um pai extraordinário, uma mãe corajosa, é inteligente e simpático; embora fechado como certos jovens, ele tem um bravo camarada que lhe é devotado — e mesmo um velho amigo que o compreende; ele também recebeu a preparação necessária para exercer uma boa profissão à sua escolha. Ou seja, poderia estar no caminho certo. No entanto, é preciso que o nó na garganta que ele desfaz pacientemente e com prudência possa ser desfeito.
Seu filho me dizia: "Encontro dificuldade em levar a cabo um trabalho imposto. Meu pai deve experimentar sentimento análogo quando dá um curso sem grande prazer."
Leve seu filho com você durante uma de suas viagens longas. Quando lhe tiver dedicado o tempo livre de seis meses da sua vida, acabará suportando (e compreendendo)

muitas coisas que não admitimos nos outros, pois de perto enxergamos as coisas de modo diferente que de longe; então saberão, de uma vez por todas, o que os une e, ou me engano redondamente, nessa ocasião, o caminho será aberto para um completo desabrochar da personalidade do seu filho.
Caro amigo, perdoe seu velho amigo Besso.

Ele pega o aparelho, pede à telefonista o número 25.768 em Berna. Depois de um demorado chiado, a campainha toca. A voz de Michele se faz ouvir. Seguem-se algumas saudações formais, pedido de notícias de Elsa, como vai a vida em Princeton, como vão os avanços nos trabalhos de cosmologia, reflexões sobre a evolução das perseguições antissemitas na Europa. Michele se interrompe e dispara:

— É preciso que saiba de Eduard. Seu estado se agravou de modo inquietante. Não entrarei em detalhes, sei quanto tudo isso é doloroso para você. Sei que guarda sua dor em silêncio, que cala sua angústia. Ao longo do tempo, aprendi que para você tudo isso é inelutável. Isso em nada esvazia seu desespero, tornando-o ainda mais insuportável. No entanto, devo informar que algo importante aconteceu. Mileva resolveu seguir os conselhos de Minkel e levar Eduard para Viena. Tomou a decisão sozinha. Diz que, com a distância, você não tem como avaliar o estado de seu filho. Ela não queria que eu lhe contasse antes de ter sido feito. Não queria que você se opusesse. Conhece a cura de Sakel, não é? Já conversamos sobre isso. Pois bem, vão tentar esse tratamento. Sei que é uma decisão séria. Talvez o estado de Eduard assim o exija. Mas talvez seja preciso considerar os riscos em jogo. Sem dúvida, a técnica está no começo. De qualquer modo, já é tarde demais. O bem ou o mal já está feito. Mileva e seu filho partem amanhã para Viena e nada podemos fazer. Nenhum telegrama os deterá a caminho da clínica do doutor Sakel. Nenhuma carta chegará a tempo. Eu queria te avisar, Albert.

Ele agradece, despede-se, desliga.

Pensa no filho perdido na Heldenplatz. Imagina a porção de tormentos que lhe será infligida. Diz a si mesmo que a sorte foi lançada.

Acho que querem dar sumiço em mim em Viena. Disponho de provas definitivas. Mas alertar as autoridades seria o mesmo que se atirar na boca do lobo. Disseram que eu devia viajar para o meu próprio bem. Desde quando querem o meu bem aqui? Desde quando a Áustria faz bem à saúde? Parece que um novo tratamento me aguarda. Faz cinco anos eu repito: não preciso de tratamento. Não estou doente. Enganam-se quanto à minha sorte. Cometem um erro médico duplicado por um erro judiciário. Cinco anos aqui me alteraram terrivelmente. E não falo apenas da minha consciência. Fisicamente, minha própria mãe tem dificuldade de me reconhecer. Ela mesma me confessou, quando lhe perguntei se sempre fui assim. Ela deixou escapar um "não, nem sempre". É a prova de que me transformam antes de me fazer desaparecer.

Fui obrigado a arrumar a mala. A guardar minhas coisas e dobrar minhas roupas. Tenho certeza de que vão me afogar no Danúbio. Não permitirei! Quero desaparecer por livre e espontânea vontade! Vou ter de tomar o trem. Vou cruzar com estranhos. Os estranhos vão me olhar. Os estranhos sempre me olham. Ser estranho não confere todos os direitos! Eu proíbo que me olhem. Por isso prefiro mudar de rosto. Assumo formas estranhas para que ninguém me reconheça. Ah, as pessoas dispõem de poderes mágicos. Apesar de tudo, conseguem me ver. Mesmo quando fico invisível. Mesmo quando me transformo em cachorro, como acontece de vez em quando. Elas me apontam com o dedo. Falam comigo como se eu tivesse preservado minha aparência humana, quando sei muito bem que a transformação ocorreu. Eu lato. Meus caninos crescem. Espumo. Sou um cachorro. Os estranhos têm poderes estarrecedores. São capazes de transformar um cachorro em homem. Vou precisar atravessar a fronteira. Eles vão me fazer desaparecer do outro lado. As fronteiras são feitas para apagar os homens. E, se eu conseguir passar, será pior ainda. Deverei enfrentar a cólera dos austríacos. Não conheço nada pior do que os austríacos. Os austríacos são nossos inimigos por parte de mãe. Vão conseguir ver que sou sérvio. Como os alemães, têm isso no sangue. Os arianos são uma raça à parte. Vão me olhar do alto, assumir seu ar superior. Vão me acusar de ter querido participar do assassinato de seu arquiduque Francisco Ferdinando. E não estarão errados. Eu o mataria de bom grado com minhas próprias mãos. Se não adivinharem que sou sérvio, vão alegar que sou judeu por parte de pai. Eles odeiam os judeus mais que aos sérvios. Em ambos os casos, sou um homem morto. Tenho a sensação de não ter vivido. É meu único arrependimento na existência. Os austríacos vão ler através de mim. Sinto que me torno permeável. Meus ossos se tornam porosos. Na última vez que tentei cortar o pulso com uma faca, o médico me disse: de tanto tentar, vai acabar conseguindo; seus pulsos estão afinando, não cicatrizam mais. Estou apodrecendo. Sinto um odor que vem de dentro, sai pelas minhas narinas e por minha boca, um odor intolerável. Sei que esse odor incomoda. Já faz um tempo as pessoas se conservam a certa distância de mim. Não por respeito. As pessoas não me respeitam, nem a mim, nem a nada, nem a ninguém. É esta época que quer isso, e as pessoas também. Acredito ter compreendido de onde provém esse fedor. Apodreço por dentro há vários meses. Os alimentos ingurgitados estão em vias de decomposição. Nada mais se metaboliza. A barriga é outro cérebro. Minha barriga é tão desconjuntada quanto meu lóbulo frontal. Quando vejo um dos meus interlocutores se afastar, compreendo o desconforto. Fecho a boca e prendo a respiração com medo de incomodar. Nunca consigo por muito tempo. Preciso de oxigênio, não sou tão diferente dos humanos. Também possuo uma alma. Mas em seu âmago pululam ratos. Tenho 25 anos, deveria me divertir, beijar, mas, por uma razão obscura, nada disso me é permitido. Alguém acima de mim me proíbe de levar uma existência normal. Existe justiça nesta terra? E quando agirá a meu favor? Poderiam me dizer tudo que não funciona, onde emperrou, quando tudo se desenrolou, sob olhares ausentes ou gritarias, se eu fiz algo que não devia, se ultrapassei meus direitos, superestimei minhas faculdades e, sobretudo, se vão me tirar desse mau passo? Prefiro alimentar a confiança, ter a ilusão de que me preparam uma viagem de lazer, que o tempo dos austríacos é precioso, que os vienenses não têm um minuto a perder antes de se tornar nazistas como seus irmãos de raça alemã. Mesmo eu não disponho de todo o tempo. Lá se vão 25 anos e não produzi nada. Quando sabemos o que meu pai tinha realizado com a minha idade... Não pude sequer obter os diplomas de doutor, médico, psiquiatra, curador de almas. Como único título, disponho do meu nome, é pouco e muito ao mesmo tempo. Parece que as pessoas pagariam por uma partícula; eu daria minha vida para mudar de origem. Sofro tantas provações que irei até Viena para abreviar meu sofrimento. Seguirei os conselhos do doutor Minkel. Talvez ele não me deseje tanto mal assim. Talvez em Viena disponham de uma pílula milagrosa. Vou lhes dar uma chance de me salvar. Todos têm direito a uma chance.

2

Ela caminha pelas ruas da capital austríaca ao lado do filho. Ladeiam a Ringstrasse. Faz o possível para que seu passo claudicante não atrapalhe o passeio. Passam pelo Burggarten. Ela se mantém ereta e altiva. Apenas o ruído dos passos na calçada trai sua enfermidade. Passeia junto de Eduard pela cidade esplêndida. O aperto da palma de sua mão a arrebata, lhe infunde coragem. De vez em quando, um ônibus os ultrapassa, toca a campainha. Às vezes passam grandes automóveis fechados, nos quais homens fumam charutos no banco de trás. Desde o acidente, é a primeira vez que deixam Zurique. Ela usa a palavra acidente para mencionar a catástrofe. Não consegue encontrar outra palavra para o que aconteceu. O termo doença mental lhe fere os lábios. Não há loucos na família Maric. Almas esquecidas em sua solidão, vidas devastadas, sim. Espíritos desequilibrados, talvez. Que existência se acomodaria ao cortejo de infelicidades que golpeiam sem trégua e depois de tantos anos? Que espírito são, mergulhado em tamanha lama, sairia impune? Os Maric deixaram de ser sensíveis ao mistério da vida, à beleza e ao estranho encanto do dia. Mas hoje é um dia diferente dos outros, uma nova era se inicia, o tempo da libertação.

Chegam à Michaelerplatz. Eduard arregala os olhos, aperta a mão da mãe. Tudo parece suspenso diante da beleza do lugar. No rosto de Eduard lê-se uma alegria selvagem, um puro êxtase que reluz. Os monumentos imensos, erguendo-se triunfantes em direção ao céu claro, apagam toda forma de violência, dissipam todo desespero.

Essa viagem será benéfica, garantiu o médico. "O sacrifício vale a pena", tais foram as palavras. O sacrifício e a pena. A vida sepultada ressurgirá. É chegado um novo tempo, livre de raiva e de fúria. A longa caminhada pelas estradas obscuras termina no imemorial Ring. Eles conheceram a dor infinita. Não há mal que dure para sempre. Ela não caminhará mais sozinha, acabrunhada, rumo ao topo da colina. Não baterá mais à grande porta do Burghölzli. Outro tempo se inicia. Acabam de mudar de época. Aqui um novo ar sopra. A brisa levanta as roupas dos passantes, por pouco não leva seus chapéus. É chegada a hora da salvação.

Pegam a avenida Kohlmarkt e, como o café Demel está lotado de gente, seguem pela Herrengasse. Na esquina com a Strauchgasse, param no Café Central.

Eduard se mostra muito bem-comportado. Toma o chocolate sem derrubar quase nada. Ela limpou um pouco de creme em seu queixo e ele não se mexeu. Como naquela mesma manhã, no hotel Hopfner, não se mexera enquanto ela lhe fazia a barba.

— Você é muito bem-comportado, meu anjo. Precisa ficar bonito para a ocasião.

— Por que não vou ao barbeiro? Disseram que fazer a barba dos outros é uma profissão.

— Alguma vez machuquei você? Uma única gota de sangue já escorreu por causa da minha mão?

— Tem razão, é inútil ir ao barbeiro. Além do mais, ele poderia me cortar a garganta se eu fechasse os olhos.

— As pessoas não são tão malvadas.

— Eu sou desconfiado, você sabe. Basta um olhar atravessado.

— Você nunca faz nada atravessado, meu anjo.

Ele termina sua sachertorte. Diz ainda ter fome. Ela volta a chamar a garçonete. A jovem se aproxima com um largo sorriso nos lábios. O avental decotado deixa à vista seu busto. Ela receia que o filho lance algum comentário obsceno. Pede um kirschenstrudel. A jovem toma nota, repousa o olhar em Eduard e dispara em sua direção:

— Bonito esse jovem. Vem de onde?

— De Zurique — responde ela.

— É uma cidade bonita.

— Muito bonita — confirma ela.

A jovem se afasta. Eduard mantém os olhos fixos no prato vazio à sua frente. Ela acaricia seu rosto, pergunta se ele gostaria de visitar o Prater. Ele poderia andar de roda-gigante e ver Viena do alto.

Outra garçonete vem à mesa trazer o doce. Eduard levanta o olhar para ela e pergunta:

— A jovem que veio antes tem medo de mim?

A garçonete faz um não inquieto com a cabeça e se vai. Ele devora o strudel, toma um copo cheio de água, depois ergue-se de supetão exclamando:

— Estou pronto, vamos!

— Não temos pressa.

— O tempo urge! O doutor Minkel afirmou que eu ia me curar. Já estou farto de estar doente. Só depende de mim; eu não sofrerei nem farei ninguém sofrer. Gosto muito deste lugar, tudo é tão suntuoso, nunca vi xícaras tão lindas, as colheres de prata, esse teto alto, esses lustres. Esta cidade é mágica. Apenas os mágicos podem me curar.

Ela paga a conta e se levanta.

Estão de novo na Ring. Ao longe, avista-se a roda-gigante do Prater. Ele a fixa intensamente. Seu olhar parece hipnotizado pelo movimento da roda. Devem virar à direita na Herrengasse e perder essa perspectiva. Seus passos não a acompanham. Ele se dirige ao parque. Ela lhe segura o braço delicadamente. Não consegue desviá-lo do caminho. É por ali, diz com doçura. Ele segue em frente. Ela gostaria de avisar que não há tempo. São aguardados na clínica. Foram precisos dois meses para marcar aquela consulta. Ela não tem coragem. As palavras não saem. Não, por aqui, diz ele, eu sei aonde quero ir. Ela se deixa levar. Valsa com seu filho pela Ringstrasse em Viena, valsa em meio aos grandes lampiões de rua, alguns acesos, embora ainda esteja claro. O sacrifício e a pena.

Em Schottenring, entre os carros, um fiacre aguarda. O cavalo relincha baixinho, bate os cascos no calçamento. O cocheiro de cartola grita na direção deles: uma volta de carruagem, meus príncipes? Eduard vira em sua direção com olhar suplicante. Ela aquiesce. Ele se precipita em direção à frente da carruagem. Acaricia a crina do cavalo, abraça o animal e senta-se à frente, ao lado do cocheiro. Ela se instala atrás. Eduard pede ao cocheiro autorização para segurar as rédeas. Ele ensaia uma recusa, dá de ombros. Ele pula o assento e senta-se ao lado da mãe, murmura à sua orelha:

— Esse homem tem medo de que o cavalo goste mais de mim que dele. Deve ter adivinhado que falo a língua dos animais.

— As pessoas são ciumentas — responde ela. — Mas não malvadas.

Ele contempla com ar maravilhado os edifícios suntuosos, as florestas de colunas, as cortinas de cristal, o fluxo cintilante das fontes, o reflexo das muralhas metálicas, orgias de prateados e dourados, cujo brilho faz seus olhos cintilarem com uma luz que ela acreditava desaparecida. Ressoa o eco grandioso das multidões apressadas nas calçadas, o fluxo de carruagens que os ultrapassam. De súbito, é a calma, um imenso véu de paz deposto em um lugar meio afastado, que deixa entrever outro palácio, cuja gigantesca fachada faz correr uma esperança insensata em suas veias. O cocheiro anuncia os nomes dos lugares como quem atira moedas de ouro ao ar. Esses nomes ressoam, Volksgarten, Hoffburg. O homem freia o fiacre, estaciona no meio-fio. Empertiga-se, indica um canto onde olhar, lá na Heldenplatz. Um grande silêncio reina; depois, sobre os paralelepípedos, cresce um rugido regular. Ela busca o motivo do ajuntamento. Um barulho de botas ecoa agora com estardalhaço. A poucas dezenas de metros, um grupo de homens trajando camisas marrons marcha apressadamente sob bandeiras com suásticas e berram palavras de ordem. Eduard contempla a cena com uma expressão estranha. O cortejo ultrapassa o fiacre. Uma pequena multidão o acompanha.

— Então, cara senhora — retoma o cocheiro —, seguimos o passeio?

Ela diz estar um pouco cansada. O homem poderia conduzir-nos ao número 3 da Dumbastrasse?

O carro avança em um labirinto de ruas. Ela abraça o filho pela cintura. O frio envolve os ombros deles. Os monumentos perderam seu esplendor. O amanhecer se aproxima. O cocheiro para o veículo. O cavalo relincha. Chegamos, diz o homem. Ela paga. Eles descem, dão alguns passos, encontram-se diante do número 3 da rua. É um edifício baixo de quatro andares e fachada austera. Acima da escada, uma placa em que está escrito "Clínica do doutor Sakel". Visto do exterior, o lugar não parece uma clínica. Empurram a porta dupla. Um letreiro indica que a secretaria fica no andar de cima. Eles sobem os degraus. Uma jovem sentada atrás da escrivaninha lhes sorri. Ela se aproxima, diz ter consulta marcada com o doutor Sakel, informa sua identidade. A jovem mergulha em uma agenda, faz um movimento de aquiescência, ergue os olhos. "O médico vai receber a senhora. Sozinha, por favor." Ela pede a Eduard que aguarde. Ele se posta à janela. A secretária se dirige ao consultório do médico, bate três vezes, abre a porta e a convida a entrar.

Diante de um homem de camisa branca, ela se encontra sentada. O homem começa a falar com um sotaque que ela podia jurar ser polonês.

— Encantado, senhora Einstein, é uma honra. Conheci seu marido em Berlim há uns dez anos, no Instituto no qual eu ia apresentar uma conferência sobre minha cura. Ele pareceu interessado. Aquele homem tem curiosidade sobre tudo. Não tem medo de revoluções, e minha cura é uma delas. Deixe-me explicar o princípio. A senhora é de formação científica. Prefiro, a princípio, dirigir-me à sua inteligência; depois falaremos ao seu coração. A ideia do tratamento, a cura de Sakel, pois assim a nomeiam, me surgiu como por milagre. Eu estudava a diabetes. Certo dia, notei quanto os doentes a quem eu administrava uma dose bastante alta de insulina saíam confusos, desorientados, perdiam todas suas referências, esqueciam o passado. Homens trêmulos, cobertos de suor, agitados pelo excesso do hormônio, mas homens novos, como se recém-saídos do ventre da mãe; homens em sofrimento, é verdade, mas, no entanto, com uma atenção espantosa, pareciam beber minhas palavras de reconforto. Às vezes, o excesso de insulina chegava a mergulhá-los no coma. E eis o milagre: ao sair do coma, encontravam-se em um estado de total aniquilamento físico, uma espécie de sedação temporária, um deserto imenso. E, cara senhora, no deserto, nós edificamos mundos.

"Um de meus pacientes diabéticos, também vítima de uma doença mental, recebeu uma forte dose de insulina e entrou em coma. Quando saiu, três horas depois, suas ideias mórbidas haviam desaparecido, o delírio diminuiu. Em seu psiquismo em ruínas, nada mais criava obstáculo às minhas palavras, ao passo que antes sua demência interditava todas as minhas intenções. Meu paciente destruído, com a consciência desorganizada, não apenas abandonava suas ideias sombrias, como, sobretudo, também escutava. Chamo essa fase de "maternal", quando o paciente reencontra seu psiquismo infantil, virgem de toda doença. Podemos, então, polir uma nova alma. Por certo me tomaram por charlatão, pelo diabo em pessoa, como alguns me acusaram. Salvo que, cara senhora, os resultados estão aí. Os doentes não são mais os mesmos depois do tratamento. Ah, eu não ousaria afirmar que estejam curados. Todavia, a pulsão mórbida perde sua força. E não pense que os transformamos em espectros. Não, senhora, minha cura não é uma lobotomia. Meu tratamento acalma e alivia. Então, me perguntará a senhora, quais são os riscos? Preciso explicar de maneira mais clara? De fato, o mergulho nesse coma induz a uma angústia terrível. Os pacientes perdem todo o controle de si mesmos. Seus gestos e pensamentos ficam soltos. São agitados por espasmos. Entram em convulsões. Vivem três horas terríveis. Mas já aguentaram tanta coisa. Sem dor, não há ganho. É preciso pensar além. Uma vez tendo o corpo terminado seu calvário e sendo retirado do seu torpor pela injeção de açúcar, verá como a alma volta apaziguada. Então, nosso trabalho pode começar. Então, a análise pode desempenhar plenamente seu papel. A porta do restabelecimento está entreaberta. Evidentemente, não posso lhe esconder, a camisa de força se impõe para evitar os efeitos das fortes convulsões. Evidentemente também, a senhora não assistirá ao mergulho no coma; é um espetáculo insuportável. Não verá o enfermeiro que troca os lençóis, as roupas cobertas de suor e de lágrimas, nem as correias nos pés, nem os pulsos amarrados, nem a trava nos dentes para conter as convulsões. Contudo, cara senhora, em trinta dias, após trinta injeções, assistirá a uma metamorfose. A alma do seu filho na primavera de sua juventude. Sei que é uma provação, cara senhora. Sei também que o resultado compensa o sacrifício. Bem, chega de palavras, precisamos passar à ação.

Ela conduz o filho rumo ao quarto 217. Eduard caminha em silêncio. Os olhos fixos no espaço à frente. Seu rosto perdeu toda a animação demonstrada durante o dia. Passam diante de uma sucessão de portas. Às vezes, uma queixa atravessa as paredes. Às vezes, ouve-se uma gargalhada. Quem sabe ainda há tempo de dar meia-volta? Correr, descer as escadas, voltar a encontrar o ar da cidade. Fugir. Tomar um fiacre, ir até o Prater, entrar na roda-gigante, ver as luzes de Viena acendendo uma a uma, e a cidade inteira parecer uma tocha, deslumbrar-se com o espetáculo, jantar em uma taberna, voltar ao hotel e, de manhã cedo, tomar o trem para Zurique, voltar para casa, pousar as malas, retomar o caminho que leva ao Burghölzli. Seguir o curso dos dias. Aguardar pacientemente. Chegaram ao quarto 217. Ela não dará meia-volta. Uma faxineira está arrumando a cama.

— A senhora me assustou! Já estou quase terminando. Pediram que eu caprichasse. Parece que o paciente do 217 não é qualquer um. Sempre me avisam em cima da hora. E depois se espantam! Então é para o jovem? Vai ficar bem, meu menino, seja quem for. Mas eu sou como o bom Deus, não faço distinções. De qualquer modo, aqui todos se beneficiam de um bom tratamento. Sou eu que passo depois para lavar os lençóis. Senhora, fique tranquila, tomarei conta do rapazinho. Os dois me parecem simpáticos e não se dão ares de importância. Entrem, acho que terminei. Está do seu agrado, meu jovem? Pode mandar me chamar se alguma coisa não funcionar. Greta. Só existe uma. Amanhã colocarei flores no vaso. E vou trazer um doce. Você vai ver, um doce é um bálsamo para o coração. E Greta tem mais coração que esses malditos médicos. Eu já vou, senhora. Pode ficar até o anoitecer.

Aconselho deixar o rapazinho repousar. Amanhã ele precisará de todas as suas forças. Como sempre digo para relaxar a atmosfera: a cura do doutor Sakel não é um mar de rosas.

Ela caminha pelas ruas. Não reconhece nada, não sabe mais onde está, se pergunta por que veio, por que abandonou seu filho, por que o deixou nas mãos de desconhecidos, pretensos médicos, bárbaros, o mal contra o mal, o diabo em pessoa. Ela é a sócia do diabo, ela vai mergulhar seu filho no coma, ela lhe dava banho, parece que foi ontem, ela não deve vê-lo durante um mês inteiro, é exigência do tratamento. Segundo Sakel, o "tratamento maternal" só pode ser realizado sem a mãe. É preciso voltar às origens, ela estaria disposta a desaparecer se não fosse isso, fugir daquele lugar. Eles vão dissolver sua consciência em um banho de sofrimento. Por que se deixou convencer? Esgueira-se entre as sombras. Nada mais tem brilho, nem os palácios nem as fontes. Viena é uma cidade morta. Ela pergunta a um transeunte a direção da estação. Pega a avenida à direita. Segue em frente. Volta a Zurique. Deixa naquela cidade a melhor parte de si mesma e a única que vale a pena.

MERCER STREET, 112

1

Ele reconhece a letra do amigo Besso no envelope proveniente da Suíça. Abre e lê:

Berna,
Caro Albert,
Domingo vi seus quatro descendentes — estão todos animados e com boa saúde; fiquei bastante tempo com Tete. Ele está muito gordo e se cansa fácil, mas decididamente está melhor de saúde que no ano passado. A mudança de ares em Viena não foi, portanto, inútil. É bem possível que uma grande alegria lhe sirva de trampolim para novas forças.
Saudações cordiais,

Seu Michele.

Esta é a carta mais curta que já recebeu de Michele. Ela é portadora de mais esperança que qualquer outra. *"A mudança de ares em Viena não foi inútil."* Michelle Besso tem o dom das palavras, das nuances e dos eufemismos. A cura de Sakel, uma mudança de ares. Quanto à grande alegria que Michele evoca, é uma metáfora ao novo apelo para que o pai leve Eduard para os Estados Unidos. Desta vez, a mensagem foi compreendida. Encontro marcado com as autoridades responsáveis. Ele sai de casa com certa antecedência. Quer evitar deixar à espera o encarregado da imigração do Secretário de Estado, John Sturcon. O homem vem de Washington. Ele propôs ir ao seu encontro. Ah, não se preocupe, professor. A viagem me permitirá visitar o lugar no qual obtive meu diploma. Marquemos encontro no Bracy's, isso me fará recordar minha juventude. Ele percorre a Mercer Street até o centro. Ignora se o encontro vai durar muito. Acredita já saber o que será dito. Adivinha que seus trâmites serão inúteis. Conhece as leis e o espírito das leis. Os americanos jamais infringem esse espírito. É o país da liberdade; no entanto, nenhum país, à exceção talvez da Alemanha, nutre tamanha veneração por suas leis. Também conhece o código de imigração. Ninguém deve ignorá-lo ao seu redor. São as Tábuas da Lei contemporâneas. No entanto, esta manhã, vai se fazer de ignorante.

Entra no Bracy's. O restaurante está praticamente vazio. Um garçom o cumprimenta e anuncia que é aguardado na mesa ao fundo. O senhor Sturcon se levanta ao avistá-lo, aperta a mão estendida, volta a sentar-se. Após um breve preâmbulo, o homem declara:

— Caro professor. Estudei seu dossiê. O assunto é delicado. A verdade é sempre dura. É o que afirmam nos prédios vizinhos aos nossos. Os serviços do senhor Hoover veem o mal por toda parte. Como sempre repito, o homem discreto tem todas as qualidades. E o senhor também sabe ser discreto, professor, mesmo que não seja seu forte, como sempre acrescenta. Isso incomoda certas pessoas. Vamos aos fatos. Os tempos não estão fáceis para as pessoas da sua raça. Aprecio esse orgulho de não se submeter a interrogatórios. Tenho, portanto, uma boa e uma má notícia. Ao mesmo tempo, sei que não lhe trago nada de novo. Quanto ao mais velho, Hans-Albert, a resposta é sim, nós o aceitamos nos Estados Unidos. Quanto ao caçula, Eduard, não será possível. O senhor vai argumentar que é um pouco cruel que eu exija de um pai escolher entre seus dois filhos. Com certeza. Mas eu não desempenho essa função por ser bom, e sim por ser justo. E apenas a lei é justa. O senhor não é homem de tratar os assuntos irrefletidamente. O senhor deve ter estudado a questão que diz respeito às pessoas deficientes e ao direito à imigração nos Estados Unidos. Com certeza não me refiro a ninguém em particular. Com certeza, ninguém me mandou aqui e o senhor poderá apresentar o dossiê de quem quer que seja à administração, e o senhor Hoover cuidará pessoalmente do seu caso, portanto recapitulemos: nos Estados Unidos, a imigração é regida pela legislação do Ato de Imigração e por suas interpretações em cada estado. Todos os solicitantes a um visto de imigrante devem submeter-se a um exame médico físico e mental. Os dados relativos ao estado de saúde de um requerente são resultado do exame médico a ser realizado por um médico civil aprovado de acordo com as diretrizes estabelecidas. É considerada inadmissível qualquer pessoa portadora de um problema mental ou físico e com conduta ligada a desvios de comportamento que possam constituir-se em perigo para a propriedade, a segurança ou o bem-estar do estrangeiro ou de outrem, comportamento este que corre o risco de se reproduzir ou de provocar outros comportamentos traumáticos e destrutivos. O retardo mental não engendra automaticamente a inadmissibilidade, a menos que o requerente manifeste ou tenha manifestado comportamento destrutivo. Em virtude da lei, é por outro lado inadmissível o solicitante que venha a se constituir, não importa em que momento, um fardo para o Estado.

"Tudo isso, caro professor, o senhor sabe; no entanto, às vezes é bom relembrar as coisas essenciais. Assim, após um estudo sumário de casos semelhantes aos seus, pois nós dois sabemos que o senhor nada solicitou, direi, em caráter pessoal, que um filho de dois é bem mais do que a maioria das solicitações de seus semelhantes de que tenho de cuidar às portas de Ellis Island. E acrescentaria, em caráter pessoal, que a Suíça é um país que se orgulha de tratar seus doentes mentais melhor que qualquer outro. Vamos, caro professor, ficarei encantado em assinar o ato de naturalização de Hans-Albert Einstein e recebê-lo em nosso belo e grande país. Todos os Einstein são bem-vindos em nossa terra. Pelo menos, os que têm a cabeça no lugar.

Meu irmão, Hans-Albert, recebeu as autorizações necessárias para se reunir a nosso pai sob outro céu. Ele vem hoje se despedir, antes da grande partida. Preparei um presente para Hans-Albert. Montei uma colagem a partir de três fotos. Uma foto do meu pai, tirada de um jornal. Uma foto minha e da minha mãe, em Viena, na Heldenplatz, quando saí vivo da clínica do doutor Sakel. E uma foto de Hans-Albert no dia do seu casamento com Frieda. Recortei cuidadosamente os contornos de cada um de nós e os dispus juntos em uma folha de papel. Isso constitui um verdadeiro retrato de família. Não temos outro, que eu saiba, em idade adulta.

 Arrumei-me com esmero para que meu irmão leve a melhor lembrança de mim para os Estados Unidos. Que ele transmita uma boa imagem minha ao meu pai. Não quero que papai se aflija a meu respeito. Não o detesto como lhe disse no passado. Gostaria que fizéssemos as pazes. Não desejo ser uma fonte de problemas para ninguém. Também espero que meu irmão não fique triste ao me encontrar nesse estado. Engordei muito. O inspetor Heimrat afirma que ultrapassei os cem quilos. Quando duvidei de suas alegações, ele se irritou.

— Sei do que estou falando, de peso e de uma balança! Você acha que conhece melhor as balanças do que eu? Pretensioso, você se toma por Einstein? Não há cura que te sirva de lição. Você insiste e não desiste. É irrecuperável.

Ele deixou o aposento. Então peguei o pequeno arame pontudo trazido da minha estada em Viena. Cortei meu pulso esquerdo. Com meu sangue, escrevi na parede: Sou filho de Einstein. Heimrat voltou. Essa inscrição difamante o deixou fora de si. Passei um tempo na enfermaria para que me costurassem e fui parar no terceiro subsolo, em minha camisa de força. Espero que isso lhe sirva de lição.

Pronto, batem à porta. Deve ser meu irmão. Não passaria pela cabeça de mais ninguém respeitar assim minha intimidade. A intimidade é proscrita neste lugar. Nossas vidas são expostas aos quatro ventos. Meu irmão se preocupa com o respeito à pessoa humana. Quer dizer, ele testemunha até respeito em relação a mim. Nós nos abraçamos. Seu rosto foi recém-barbeado. Ele está cheiroso. O terno bege lhe cai bem. O paletó é macio ao toque. Há muito não visto um terno. Quem me conhece hoje não imagina que já fui elegante. Hans-Albert me diz que não mudei. Respondo que ele mente bem. Não me estendo. Sei que as pessoas, mesmo as mais benevolentes, não gostam de demorar neste lugar. Se dependesse só de mim, eu também não me eternizaria aqui.

— Então, vai partir? — pergunto.

— Daqui a uma semana.

— Eu também gostaria de ir para os Estados Unidos.

— Mas você está bem aqui... Está melhor que na casa da mamãe, não é?

— Não se preocupe comigo.

Eu sinto que uma grande tristeza o invade. Seus olhos pousam na parede, acima da minha cama, onde ainda permanecem algumas manchas vermelhas. Ele tem a delicadeza de nada me perguntar sobre o assunto. É assim que se reconhece um irmão. Um homem que não o questiona nem sobre seus punhos retalhados nem sobre as paredes manchadas. São os laços de sangue.

— Então — digo — vai reencontrar nosso pai. Vai morar em Princeton?

— Não, nós, eu e minha família, vamos para a Carolina do Sul.

— Você tem razão, melhor guardar distância. Não ficar muito perto. Não mudar os hábitos. Não é porque Hitler está no poder que devemos nos reaproximar de papai. Diga para mim: a Carolina fica longe de Zurique de carro?

De repente, ele exibe um semblante de incompreensão. Esse semblante me é familiar. Prefiro não prosseguir. Perguntarei a mamãe sobre o trajeto. Se for preciso, azar, irei de trem.

— Você vai ser cidadão americano! — disparo. — Vai me dizer o que se sente. E não tenha medo de me deixar com ciúme. Não faz parte do meu temperamento.

Hans-Albert avisa que não pode se demorar. Um carro o espera lá fora. Ele me dá um longo abraço, apertado. Eu digo:

— Cuide-se bem, americano!

Ele me lança um último olhar. Deixa o quarto. Escuto seus passos no corredor. Apanho a toalha de rosto molhada que deixei sobre a cama. Começo a esfregar as marcas na parede, caso Hans-Albert volte para abraçar o irmão uma última vez. Esfrego insistentemente. Sento-me. Então me dou conta de que esqueci de entregar meu presente. Espero que possa enviar a colagem pelo correio. É realmente uma pena, o retrato de uma família como a nossa.

2

De pé no cais do porto de Nova York, ele vê Hans-Albert descer do navio, a mala na mão. O sol mal despontou e ilumina os passageiros na balaustrada com um halo de claridade. Cresce a emoção à medida que Hans-Albert vai se aproximando. Uma esperança insensata nasce de uma fé orgulhosa. Seu filho primogênito concordou em vir ao seu encontro. Essa chegada ao solo americano oferece a promessa de um recomeço. A vida dos Einstein volta a criar raízes. A família se reconstitui. A lenda dos Einstein compreenderá datas fundadoras. 1635, Baruch se estabelece na Alemanha. 1905, o ano milagroso. 1938, Hans se reúne ao pai nos Estados Unidos. A árvore genealógica, arrancada da sua terra hostil, crescerá regenerada em solo americano. A longa experiência de sua vida lhe ensinou. Em qualquer lugar do mundo, criam raízes. A terra pouco importa. Apenas conta o que dita nossa conduta, o que nossas memórias celebram. Repetimos o passado de nossos pais, da mesma maneira que ainda crianças entoávamos suas preces. Não permanecemos em lugar algum. Os que acreditam na perenidade dos lugares se iludem. Vivemos o eterno recomeço. Conhecemos o caos depois de ter concluído o aprendizado da glória. O efêmero é nosso primeiro estado.

Nossos campos cultivados afundam na lama do tempo. A terra se torna hostil quando nela criamos raízes. Vivemos na ilusão da consideração de nossos semelhantes. Imaginamos que nossos semelhantes nos julgam iguais a eles. É verdade por parte de alguns. A maioria, contudo, não nos vê como somos. Somos a projeção de infinitos fantasmas. Cada um tem uma opinião sobre quem somos e quem deveríamos ser. Nossas vidas se inscrevem no olhar dos outros. A História nos arranca sem cessar dos destinos primeiros. Lá, desde a noite dos tempos, residem nossa força, nossas alegrias ilimitadas e nossas piores infelicidades. Essa gloriosa incerteza é nossa Terra Prometida.

Regozija-se ao pensar na chegada do filho mais velho. Esperava que, graças ao tempo e à distância, Hans-Albert tivesse apagado da memória as horas maculadas de sombras da adolescência, as discórdias movidas pela raiva entre o pai e a mãe. Quem sabe tivesse mesmo perdoado suas reticências ao vê-lo tomar Frieda como esposa? Essas reservas eram intensas, sem dúvida injustificáveis. Não gostava de Frieda. E dissera isso ao filho. Agora que os anos se passaram, ele tem consciência de haver apenas repetido a atitude do próprio pai em relação a Mileva. Havia chegado a ponto de recomendar a Hans não ter filhos com Frieda. Usara os argumentos mais falaciosos. Frieda era mais velha que Hans, não se deve casar com uma mulher mais velha. Ele falava por experiência. E depois Frieda lhe tinha dado dois netos, Klaus e Bernhard. Ele se acostumara à ideia de ser avô, pensava mesmo poder redimir-se de ter sido um pai deplorável.

Seu filho acaba de colocar o pé em terra firme. Seus olhares se cruzam. Em vez da esperada expressão de alegria, vê uma luz de tristeza, algo ínfimo que não pode ser, contudo, contabilizado ao cansaço. Eles se abraçam brevemente, pronunciam as palavras habituais esperadas em um reencontro entre pai e filho. Essas palavras não têm afeto, soam falsas. Ele compreende a vaidade de suas esperanças, os traços indeléveis deixados pelo passado.

Hans-Albert lhe informa que não vai morar em Princeton. Com Frieda e os dois filhos, vão estabelecer-se em Clemson, na Carolina do Sul. A universidade mantém um departamento de engenharia no qual ele espera dar aulas. Por enquanto, é aguardado em Nova York, obrigado por ter vindo.

Ele fica sozinho no cais.

Segundo as contas de mamãe, faz cinco anos que meu pai está nos Estados Unidos. Ele partiu a tempo. Caso contrário, teria sido aprisionado em Dachau. Dachau não é muito longe daqui. Teria sido uma situação ímpar, dois Einstein internados ao mesmo tempo, a duzentos quilômetros de distância. Talvez pudessem reagrupar as famílias. Embora a perspectiva de passar o resto dos meus dias atrás dos arames farpados ao lado do meu pai não tenha nada de divertido. Mas isso não teria durado muito tempo. Caso meu pai tivesse sido preso, o mundo inteiro teria tentado soltá-lo. Ao passo que, comigo, ninguém se preocupa.

Todos os dias, às 13h45, interrompo minha sesta, levanto-me da cama, aliso cuidadosamente o lençol branco, puxo o edredom ligeiramente para o centro, para o seu lugar, realinho os ângulos dos quadrados, primeiro os de debaixo da cama, depois os de cima. Recuo um passo, examino o resultado, refaço o ângulo de baixo à direita, ajeito uma parte do lençol que forma uma bossa, sopro uma pluma do edredom até que caia no chão, seguro-a entre o polegar e o indicador, pouso-a sobre a cama, ao abrigo dos olhares, arrumo as pontas do edredom meio entreabertas, dou um passo para trás, fico satisfeito com o resultado, quero verificar se esse trabalho resistirá a um peso de uns 92 quilos, me estendo sobre o colchão, permaneço com os braços ao longo do corpo por um instante, me levanto, constato que o lençol ficou amassado e me ponho de novo ao trabalho.

É preciso que tudo esteja perfeito. Sem dúvida, será a vez de Gründ examinar meu quarto, enquanto eu prefiro Forlich. Com Gründ, a visita sempre acaba mal. Mesmo ele se mostrando menos minucioso que Forlich quanto aos ângulos do quadrado e à posição do edredom. Ao contrário de Forlich, nunca olha debaixo da cama — não consegue se abaixar por causa de uma dor nas costas persistente da qual se queixa sem cessar. Suas vértebras constituem um tema inesgotável de conversa, desde que uma delas deslocou. Sua dor dá pena de ver. Posso me comover às lágrimas quando Gründ descreve a intensidade do mal, só aliviado ao se esticar sobre o mármore frio. Eu sei o que significa sofrer. Mesmo que, por um feliz acaso, eu nunca tenha sofrido por causa das costas. Talvez seja o único lugar do meu corpo que não tenha dado o que falar.

— Se você nunca teve dor nas costas, ignora o significado de sofrer — retruca sempre Gründ, em tom de reprovação.

— Sim, eu garanto, meu tenente. (Gründ, por razões obscuras, exige há alguns meses ser chamado de meu tenente.) Posso imaginar quanto dói.

— Estou dizendo que você nem imagina!

— Eu garanto, meu tenente. Minha dor de cabeça também pode ser terrível.

— Que jovem pretensioso! Você afirma sofrer tanto quanto eu?

— A dor nas minhas têmporas é forte.

— Não é maior do que a das minhas costas.

— De toda maneira, é bem forte.

— Não tente bancar o esperto. Você não tem direito a nenhuma prerrogativa aqui. Será tratado como todo mundo.

— Não reivindico privilégio algum, meu tenente.
— Sim. Você insiste, você não cede, você não desiste nunca. Vai acabar me obrigando a usar a força. Não é bom para você. Sabe que, além disso, vou ficar com uma dor horrível na lombar se te der uma surra. Você gosta de me ver sofrer, é isso? Você vai me pagar, vai acabar mal, Einstein!

Como Gründ é um homem de palavra, a conversa termina sempre na cela, com um olho roxo. Por isso, prefiro Forlich.

3

Um silêncio solene paira sobre a sala de concerto do Teatro McCarter. Todo o público parece prender a respiração. De súbito, um aplauso ressoa e invade o espaço. Os espectadores aplaudem efusivamente. A silhueta de Marian Anderson, como se pega desprevenida pelos aplausos, surge em cena. A cantora agradece. O instante de comunhão prossegue.

Ele está na terceira fileira. Ainda se sente transportado pela *Aria* de Handel. A música o transporta à Ópera de Berlim, lá se vão cinco anos, quando no palco à sua frente se apresentava Marian Anderson. Ele tinha assistido à primeira turnê no estrangeiro da maior voz dos Estados Unidos. Elsa o acompanhara.

Os aplausos redobram. Marian Anderson deixa o palco. Lançam hurras. Ela reaparece. Seu rosto banhado de luz trai uma espécie de sofrimento. A sala inteira se levanta em sua honra. Elsa teria gostado muito de assistir a esse espetáculo. Mas Elsa não está mais aqui. Elsa foi ao encontro da filha no além. Sua saúde debilitada não resistiu ao último acidente vascular cerebral.

Um a um, os seres que amou vão deixando este mundo. Dias e meses se encadeiam, transformam sua vida em um grande deserto cheio de recordações, esvaziado de substância. Entretanto, ignora as grandes crises melancólicas. Raramente cede à tentação de buscar em suas lembranças algum reconforto. Não é sensível ao estranho sabor que os impulsos de nostalgia podem proporcionar. No silêncio da noite, quando os ausentes se fazem ouvir, ele não se detém a escutar o murmúrio do passado.

A sala se esvazia. Ele vai ao encontro de Marian Anderson em seu camarim. Ao avistá-lo, a cantora corre para abraçá-lo. Está encantada de revê-lo. Ela o pega pelo braço. Descem pela porta de serviço. Ele lhe propõe irem a pé. Ela aceita com a condição de não passar na porta do Hotel Nassau. Seria muita honra. Deixam os arredores do Hall McCarter. Caminham lado a lado. Ela também preferia não se demorar no bairro da rua Whips. Ele a convida a descobrir Witherspoon.

Descendo pela Nassau, cruzam com representantes destes Estados Unidos com que ele convive todos os dias, professores e alunos da universidade saindo de restaurantes ou passeando pela cidade, estudantes brancos esportistas e brilhantes, de ternos de três peças e corte perfeito, camisas impecáveis, noivas esplêndidas e esbeltas, correndo despreocupados ao longo do parque, querendo impressionar a acompanhante; juventude triunfante, descendente em linha direta dos heróis do *Mayflower*,[4] raça segura de si, convencida de ser dona deste mundo.

Decidem contornar o cemitério e pegam a Witherspoon. Ladeiam as casas de madeira bem longe do fausto da Mercer Street. Agora trata-se de outra América, cujos habitantes, todos negros, não frequentam os restaurantes da Wipple, sobem nos ônibus que lhes são reservados, não frequentam o Hall Theater. A maioria dos restaurantes da Nassau lhes é proibida. No último mês de setembro, por ocasião dos exames finais para a admissão universitária, um

---

4 Navio que transportou, em 1620, os chamados "peregrinos" do porto de Southampton, na Inglaterra, para o Novo Mundo. Os peregrinos foram os primeiros colonos a se estabelecer, e deram origem aos Estados Unidos da América. (*N. da T.*)

jovem chamado Bruce Wright recebeu uma bolsa para ingressar na Universidade de Princeton. Quando o diretor o viu entrar em seu escritório, notificou friamente o feliz beneficiário que tinha havido um engano. Princeton conservava suas tradições desde 1796. Nenhum negro nos bancos da universidade.

Ao longo da Jackson, crianças vêm ao seu encontro. Os garotos o conhecem. "O professor" é um dos raros brancos a caminhar nestas calçadas. Sabem que ele sempre traz algumas balas no bolso. Os garotos riem ao vê-lo em suas calças demasiadamente largas e suas sandálias. Não conhecem ninguém que, como ele, atravesse esse bairro sem acelerar o passo, que não pareça ter entrado ali por engano.

Marian Anderson lhe diz quanto a sensibiliza seu apoio à causa dos negros. Sabe que sua consciência antirracista não despertou no dia em que Hitler surgiu na cena política alemã. Lembra-se da sua participação em defesa dos adolescentes de Scottsboro acusados injustamente de assassinatos e condenados à pena de morte. Ela lhe revela quanto, em 1931, sua carta ao líder negro W. E. B. du Bois a emocionou, quanto marcou a consciência das pessoas do seu povo. Ele responde que abomina a segregação racial. Sua pior decepção nos Estados Unidos é que essa peste parece ainda mais presente em Princeton do que em qualquer outra cidade de Nova Jersey.

Caminham pela Mercer Street em direção ao número 112. Ele convidou Marian Anderson a se hospedar em sua casa depois que o Hotel Nassau fechou suas portas à cantora. A maior voz do país é indesejável. O estabelecimento recusa todas as pessoas negras — à exceção de governantas e faxineiras. Marian Anderson foi avisada de que não havia quarto disponível. O regulamento não escrito do hotel não seria modificado. Quando a notícia de que Einstein havia convidado a cantora negra para se hospedar em sua casa se espalhou, os vizinhos e os jornais expressaram reprovação. Falaram de traição. Dezenas de cartas ofensivas foram endereçadas ao número 112. Insurgiram-se contra sua decisão. Como um imigrante recém-chegado, ainda não naturalizado e, ainda por cima, judeu, se permitia dar lições de moral ao venerável proprietário do Hotel Nassau? Como ousa ridicularizar as instituições da cidade de Princeton, essa cidade que o acolheu quando a Europa não queria mais saber do senhor? Há regras de decência, senhor Einstein. Ter obtido o prêmio Nobel não coloca ninguém acima das tradições. A segregação faz parte dessas leis não escritas. Cabe a nós nos arrependermos de ter aceitado essa gente em nosso continente. Deve-se incitar o feroz antissemita e todo-poderoso secretário de Estado na Casa Branca, Cordell Hull, a restringir ainda mais, no ano de 1938, a entrada de judeus nos Estados Unidos. Deve-se encorajar John Edgar Hoover a dar prosseguimento à sua colaboração com os serviços da Gestapo, a manter laços de amizade com Heinrich Himmler, a convidar o dirigente nazista para a Conferência Mundial de Polícia em Montreal, em 1937, e receber pessoalmente no aeroporto seu braço direito, em visita aos Estados Unidos.

Eis que chegam, afinal, ao 112. Dão continuidade à conversa na sala de estar. O olhar de Marian Anderson repousa em uma foto em sua biblioteca. Ela apanha o porta-retratos, pergunta quem é aquele rapaz cercado de dois meninos. Ele responde que é seu filho, Hans-Albert, e seus dois netos, Bernhard, de 9, e Klaus, de 5 anos. Vivem há alguns meses na Carolina do Sul e o visitam de vez em quando. Se não tem mais forças para carregar Bernhard no colo, ainda pode levar Klaus nos ombros.

Tem outros filhos além de Hans-Albert? Sim, tem um filho chamado Eduard, que mora na Suíça com a mãe. Aceita uma xícara de chá?

Estão sentados em torno da mesinha. Marian Anderson fala sobre seu projeto de se apresentar em breve em Washington, no

Constitution Hall. Que sonho seria, e que realização, a primeira mulher negra a apresentar-se naquela sala mítica! Os obstáculos são ainda numerosos. O grupo das Filhas da Revolução Americana se opõe. Ele lembra, sorrindo, que a Corporação da Mulher Patriota queria proibir sua entrada nos Estados Unidos, cinco anos antes. Ela diz estar pensando em cantar sozinha, ao ar livre, no Memorial Lincoln. Imagina cem mil pessoas diante dela e sua voz pairando acima das frondes das árvores da Casa Branca. Espera que ele vá assistir ao espetáculo.

Ela sente agora a fadiga do recital. Dá boa-noite, vai para seu quarto, preparado no andar de cima. Ele repõe o porta-retratos no lugar na biblioteca.

Gosto de passear nas colinas em torno do Burghölzli, subir os atalhos podados entre as ervas altas que atravessam os riachos. Posto-me na ponte de madeira que passa por cima das ribanceiras. Curvado sobre a balaustrada, poderia ficar horas contemplando a água abundante correr entre as pedras. Nos dias de sol forte, faíscas de luz cintilam sobre a maré. O barulho da água murmura em meus ouvidos. Escuto e compreendo. A natureza fala comigo. Escuto frêmitos alegres. Quando se dirigem a mim, respondo, por uma questão de educação. Puxei à minha mãe. À exceção dos quadris, sou feito à sua imagem. Alguém reservado e apagado. Não quero mal a ninguém. O que demonstra quão grande é minha dor aqui.

 Meu vizinho de andar, Herbert Werner, conversou comigo no início da tarde. Ao que tudo indica, esse homem ignora as regras do decoro. Depois de ter se apresentado, logo se vangloriou de ter matado o tio, cortando-o em pedaços e atirando os ossos nas cataratas do Reno, a dois passos daqui. Ele anotou tudo em seu diário. Mostrou-me algumas páginas — uma letra caprichada que escurece toda a folha. Por educação, folheei a caderneta. Uma urdidura de imundícies. Esse homem é uma ameaça. Um verdadeiro perigo público.

Dito isso, os restos do tio de Herbert Werner repousam no lugar mais lindo que existe. As cataratas do Reno são de um esplendor que nada fica a dever às do Niágara. Depois de Zurique, pegue a direção de Schaffhouse. Conte bem umas duas horas. Faça uma breve parada na cidade medieval. A Igreja de Todos os Santos vale o desvio. Schiller encontrou aí inspiração para seu poema, *O Canto do Sino*. Quando tiver terminado a visita à igreja, pegue a Vordergasse, deixe a cidade antiga, ladeie o atalho como indicado no mapa, caminhe uns bons quinze minutos. Então lhe será concedido ver um espetáculo estupendo, a fúria do grande rio, as águas atormentadas e borbulhantes do Reno.

Não alimento nenhuma animosidade pessoal em relação a Herbert Werner, de quem em outras circunstâncias poderia até apreciar a companhia. Por prudência, contudo, fico com o pé atrás. Herbert perfuraria sua garganta com apenas um golpe. Mas eu não o imagino levantando a mão para mim. Em geral, as pessoas gostam de mim — exceto talvez meu pai, homem de exceção em todos os sentidos.

De uma coisa, entretanto, sinto falta: do piano de cauda do salão do Burghölzli, do qual me proibiram de chegar perto. Alegam que eu batuco. Admito que não toco tão bem quanto antes. As notas se embaralham em meu espírito. As partituras não me dizem nada. Vejo sinais entre os sustenidos. Os bemóis não se submetem às regras. Para coroar isso tudo, meus dedos não respondem mais às ordens do meu cérebro. Mostrarei um dia do que sou capaz. Fui um pianista ímpar. Em meu estado, não se dão conta. Eu tocava como ninguém. Minha mãe dizia que eu tinha um dom. Ignoro o que foi feito dele.

Desde a tenra idade, aprendi piano com eminentes professores de Zurique. Heinrich Reinhart era um instrutor afável com quem atingi novo patamar. Os *Noturnos* de Chopin, a *Patética* de Beethoven, e Brahms, a obra completa de Brahms. Reinhart dizia que me bastava penetrar na minha melancolia natural. Compreendem que ela vem de longa data. Em seguida, defrontei-me com um homem rígido e obtuso chamado Franz Braun, sempre vestido meticulosamente, que se intitulava mestre. Ele considerava que meu nível não correspondia às minhas pretensões artísticas. Quando eu pulava uma colcheia, uma régua de metal abatia-se sobre minhas mãos. Sempre reprimiram o artista em mim.

Mamãe me livrou das garras daquele monstro. Ela mesma dava aulas para fechar as despesas do mês. Tive aulas com ela. Mas, se pudesse voltar no tempo, não misturaria as notas falsas em família.

Franz Braun ainda hoje me aterroriza, e pensar que, com um soco, eu poderia lhe partir a espinha dorsal. Quando passo na frente de sua casa, sempre avisto seu rosto à janela. Ele me examina detidamente. Ele ainda me ameaça. Bate o compasso enquanto me observa. O que espera de mim?

No fim das contas, fui um excelente pianista. Bach, Schumann, Mozart, toquei tudo ou quase tudo. Com certeza só se lembram da inclinação de Albert Einstein para o violino. O sol brilha sempre para os mesmos.

Mas há no mundo gente mais azarada que eu. Dizem que Alfred Fregzer, o paciente que ocupa o quarto 57, não pronuncia uma só palavra desde os anos 1920. Exprime-se por grunhidos. Certo dia, quando nos encontrávamos lado a lado no pátio, tentei entabular uma conversa. Perguntei se o que contavam a seu respeito era verdade. Ele me respondeu gemendo. Prossegui perguntando se desde 1920 ele havia estabelecido relações com certos pensionistas ou se preferia ficar sozinho. Olhou-me com ar fatigado e se dirigiu à outra extremidade do pátio. Tentarei retomar o diálogo novamente, quando o acaso nos reunir. Ao relatar meu encontro ao doutor Minkel, ele me felicitou e me disse que conversar com os pensionistas era um bom meio de sair do isolamento. Segundo o médico, eu deveria perseverar nesse caminho. Eu lhe perguntei se era o caminho da cura. Ele me observou com frieza. Depois o rosto encolheu. A cabeça afundou no pescoço. O corpo decapitado deixou o aposento como se demonstrasse que não se devem fazer certas perguntas. Depois eu o revi. A cabeça havia voltado para cima dos ombros. Eu o prefiro assim, mas, de agora em diante, quando uma pergunta importante me vem à cabeça, dobro sete vezes a língua dentro da boca antes de falar. Não gosto de ver o doutor Minkel naquele estado. Detesto que sofram por minha causa.

4

Em meados de dezembro, em Clemson, Carolina do Sul, o pequeno Klaus foi acometido por uma febre violenta. A criança não conseguia engolir nada. Não conseguia pronunciar uma só palavra. Às vezes, um grito rouco brotava dos seus lábios. Ao examinar sua garganta, viam véus brancos recobrindo suas amígdalas. O pequeno Klaus contraíra difteria. A paralisia geral o ameaçava. A asfixia o espreitava. Existiam tratamentos. Soros e antitoxinas podiam atenuar a doença. A traqueostomia, um procedimento simples para um cirurgião experiente, o teria salvado da asfixia e lhe teria permitido superar o momento mais difícil.
Mary Baker que fundou a Igreja do Cristo Cientista no século XIX, na costa leste dos Estados Unidos, escreveu:

O restabelecimento físico pela ciência cristã resulta, hoje como no tempo de Jesus, da operação do princípio divino, diante da qual o pecado e a doença perdem sua realidade na consciência humana e desaparecem tão naturalmente e tão necessariamente que as trevas dão lugar à luz e o pecado, à reforma.

A Igreja Cientista recusa todo tratamento ao paciente. Apenas a prece é capaz de salvar os corpos doentes, recuperar as almas em desgraça. Hans-Albert e Frieda Einstein eram adeptos da Igreja Cientista. Haviam se convertido na Europa, anos antes. Hans-Albert e Frieda recusaram toda assistência, toda medicação, toda intervenção. Durante uma semana, Hans-Albert e Frieda oraram noite e dia.

Até o último instante, Einstein tentou convencer seu filho, na esperança de que Klaus pudesse beneficiar-se de uma hospitalização.

— Quem é você para me dar lições? Você é meu pai quando isso convém. Você se afastou de nós como se afastou da nossa mãe. Você nos abandonou para ir embora viver com outra mulher. De repente, mostra-se preocupado com nossas vidas. Agora pretende zelar pela existência de Klaus? Lembre-se de que tinha me recomendado não ter filhos com Frieda. Se eu tivesse escutado seus conselhos, Klaus não estaria neste mundo. Hoje apenas o Senhor zela por Klaus. Talvez você não possa compreender isso. Você nem tem fé. Só sabe blasfemar, ironizar. Eu entrego a vida dos meus filhos nas mãos do Senhor. Nossas preces valem mais do que todos os remédios que poderiam lhe ministrar. Você se surpreende com minhas escolhas, eu, um engenheiro, um cientista que constrói pontes, pontes sólidas visando a aproximar os homens. Nada é sólido nesta terra, nada, a não ser a vontade divina e a fé em Jesus Cristo. Eu me tornei cientista levado por esta fé, e esta fé permanecerá inquebrantável. Agora, papai, gostaria que interrompêssemos esta conversa.

O pequeno Klaus morreu na noite de 5 de janeiro, sem um médico à cabeceira, levado pela doença. Nenhum tratamento lhe foi ministrado para aplacar seus sofrimentos.

Há infortúnios contra os quais nada podemos. Não se pode culpar, nem a si nem a ninguém. Ele enquadra nessa categoria o mal que aflige Eduard. Seu pesar duplica com a sensação de impotência. Todavia, não sente um resquício de culpa. Guarda a certeza de que apenas a sua presença, a menor de suas ações, agravaria o estado do filho. Apenas a evocação de seu nome age como um braseiro no espírito de Eduard.

Mas, quanto ao drama que acaba de ocorrer, ele julga ter parte da responsabilidade. A sensação é de um terrível desperdício.

Ele relembra o encontro com Zweig, em 1930, em Berlim, no Café Beethoven. Era a primeira vez que os dois homens se viam, apesar da extensa lista de amigos em comum. No meio da refeição, o vienense lhe ofereceu um livro. Era um exemplar que acabara de ser publicado, uma obra intitulada *A cura pelo espírito*. Zweig lhe havia informado que o livro lhe fora dedicado. E, com efeito, folheando a obra, tinha lido, impresso na página 3: *"A Albert Einstein."* Acima, o escritor havia anotado com tinta violeta uma dedicatória pessoal: *"Um homem que admiro acima de tudo."* Talvez, havia disparado o escritor, um dia escreva a seu respeito. Afinal, o mundo de Einstein é tão cativante quanto o de Freud, e seus mistérios, também impenetráveis. Eles se despediram com a promessa de se rever.

O livro continha uma biografia de Freud e um ensaio sobre Mary Baker.

E vejam só: seu caçula, fascinado por Freud, havia sido aprisionado na nave dos loucos. E perdera seu neto Klaus por causa das teorias dementes de Baker.

"A cura pelo espírito,
A Albert Einstein."

Pergunta-se se o destino está escrito. E se está, às vezes, impresso nos livros. Imagina que o destino se diverte com os homens e ri dele.

NOVI SAD — PRINCETON

1

Ela avança devagar pela plataforma da estação de Novi Sad. O frio penetra sob as mangas do casacão. É ultrapassada por uma pequena multidão apressada que caminha em fila cerrada. Alguém esbarra nela sem pedir desculpas. Ela quase cai. A multidão passou. Um carregador, de uniforme amassado e boné grande na cabeça, lhe oferece seus serviços. Ela declina a oferta com uma palavra. Sua mala não contém quase nada: um vestido, alguns objetos pessoais, um jornal comprado na estação. Não abriu o jornal. Não espera mais nada das notícias do mundo.

O quadril a incomoda. Apoia-se em um banco, hesita em se sentar. Teme não conseguir levantar-se.

À saída, aguarda por um instante, parecendo perplexa. Gostaria tanto de reconhecer na calçada alguém que a tivesse vindo buscar, alguém em meio aos pequenos grupos nos quais seres se estreitam, se beijam, se abraçam, caem na gargalhada, se debulham em lágrimas. É o alegre balé dos ternos reencontros para o qual não é mais convidada.

Ninguém a espera. Poderia permitir-se passear pelas ruas da cidade, margear o Danúbio, como gostava de fazer outrora, quando Zorka vinha esperá-la na descida do trem. Mas realizara a viagem para enterrar Zorka.

Tinha vindo seis meses antes visitar o túmulo de Lieserl. Ela é a única, além de Albert, a saber onde jaz o pequeno caixão. Isso será sempre seu eterno segredo. Ninguém jamais saberá o lugar no qual ela deposita flores todos os anos, no meio da primavera. Nenhuma testemunha ousará revelar que Einstein, antes do exílio, em 1932, foi colocar uma pedra sobre a pequena sepultura, seguindo o ritual judeu. Foi reconhecido por alguns. Mais tarde, interrogaram-na sobre sua presença naquele lugar. Tinham avistado o famoso cientista em Novi Sad, no mês de março. Não, os senhores estavam no bar, viram um fantasma. Ou, então, viram um homem grisalho, um estrangeiro de cabeleira hirsuta atravessando a rua, e o álcool os fez acreditar que conheciam aquele homem. Em todas as aldeias da Europa, há sempre um estrangeiro grisalho passando. Eles perambulam por aí. É uma miragem, senhores, melhor pararem de beber.

Ela chama um táxi, informa o destino, o número 20 da rua Kisacka. O homem lhe pergunta se fez boa viagem, se volta para casa. Ela é dali, claro, ele percebe pelo seu sotaque.

— Não há nada igual à nossa boa cidade de Novi. Vi gente dar a volta ao mundo e afirmar que aqui é o lugar mais lindo da terra. Não concorda? Não é obrigada a concordar. Aqui, cada um é livre para pensar como bem entende. Não estamos na Alemanha.

Ela não vê as ruas. Os passantes são sombras. Não saberia dizer com precisão o horário. Sente frio, é só. Tenta esquentar-se no banco. Esqueceu as luvas. Sobre o aparador, sem dúvida. Ao partir, ela as colocou no aparador para pegar as chaves. Pensou: não posso me esquecer das luvas. Tem mãos sensíveis. Não sente mais os dedos quando a noite cai.

— Os alemães mereciam uma lição, mas não, Chamberlain e Daladier cederam os montes Sudetos. Voltaram às nossas fronteiras. Logo vão sentir vontade de nos invadir de novo. Eles são assim. Adoram se sentir em casa em todos os lugares. E como não são bem-vindos em lugar nenhum... Ah, Daladier e Chamberlain não falam de outra coisa a não ser de paz. Quando trabalhamos em táxis, sabemos que não há paz possível. Conhecemos os homens. Nossa profissão assim exige. Logo percebemos com quem lidamos. A senhora, por exemplo, sei que é uma pessoa triste. Leem-se em seus olhos a tristeza e o medo, estou enganado? O medo não é um defeito. Hoje em dia, quem diz que não tem medo é mentiroso.

Atravessam a cidade. A casa fica na periferia. A conversa com a vizinha que anunciou o drama ao telefone não lhe sai da cabeça. O silêncio embaraçado com o qual pontua cada uma de suas frases. A vizinha parece sentir-se na obrigação de poupá-la. Como se a vida ainda pudesse fazer isso.

Ela tem a intuição de que visita Novi Sad pela última vez. Há alguns meses é invadida por pressentimentos. Uma vez presentes em seu espírito, eles não a abandonam mais. Hoje sabe que não voltará a pôr os pés na terra que a viu nascer, onde cresceu e conheceu momentos de grande felicidade. Aspira pela janela entreaberta os eflúvios do Danúbio, esse odor forte que conhece tão bem. Ela se revê caminhando ao lado do pai ao longo das ribanceiras. Ao longe, o tempo da infância. Ela tem 63 anos. É uma mulher velha.

— Qual é o seu nome? Tenho certeza de que temos parentes em comum. Novi Sad não passa de um grande vilarejo... Maric? Quer dizer, Mileva Maric? E fica em silêncio? Devia gritar seu nome aos quatro ventos! A senhora é uma heroína nacional, o orgulho do povo sérvio, mais importante que Pedro I! Vamos, pode me dizer, o *sier* Einstein roubou tudo! Foi a senhora quem inventou tudo. A relatividade e todo o blá-blá-blá! Pode confiar em mim. Serei um túmulo! Não seja modesta! Conceda-me um favor. Deixe-me dar a volta pela ponte Príncipe Tomislav. Isso não vai nos tomar muito tempo. Que orgulho atravessar a ponte ao lado da mãe do homem que a construiu! Essa construção é nosso orgulho local, a senhora sabe. Vamos, aceite!

Hans desenhou as plantas da ponte Príncipe Tomislav. A mais bela e mais recente obra do país. Seu próprio filho, em 1928. Uma ponte esplêndida que cruza o Danúbio em seu ponto mais largo. Dez anos antes, ela havia assistido à inauguração. É uma obra de seu filho na terra dela. Ele trabalhava como engenheiro em Dortmund, em uma empresa de estruturas metálicas. A construção da ponte foi encomendada pelo governo sérvio. Hans-Albert ficara encarregado da elaboração da maquete e da supervisão da obra. Um Einstein, o outro. O amado, o bom. Mesmo que Hans-Albert também a tenha abandonado. Um a um, os Einstein a trocam pelos Estados Unidos. Felizmente, tem Eduard. Será que Eduard é um Einstein? Se não tivesse aqueles olhos que não deixam margem à dúvida... Ela cede ao pedido do taxista. Mil vezes obrigado, senhora Einstein! Esta ponte é um esplendor. E a senhora sabe o porquê de me deixar duplamente feliz? Seu filho a imaginou, mas foram os boches que a financiaram. Como reparação de guerra. Mesmo que, evidentemente, hoje nos façam pagar por tudo. São do tipo rancoroso. Fazer os sérvios engolirem a humilhação sofrida, isso deve estar inscrito em um canto da cabeça do Führer. Olhe lá embaixo, à direita! Ah, como é esplêndida! Não foi à toa que demos essa volta. Olha como cintila sob nosso belo sol. Parece um pássaro que arremete e mergulha. Um belo pássaro de ferro e de fogo. Uma obra magnífica!

O táxi se detém no meio da ponte e ela desce. Debruçada no parapeito, contempla o rio. Pousa os dedos na balaustrada. É como se apertasse a mão do filho. Ainda a apertará uma última vez contra o coração? Teme que não. As lágrimas escorrem pelo seu rosto e caem no Danúbio. Ela levanta a cabeça e contempla ao longe os tetos da cidade. Calcula o lugar aonde deve ir. Dá alguns passos até o táxi, abre a porta, senta-se. Todos a bordo!, exclama o motorista. Seu destino a aguarda no número 20 da rua Kisacka.

Sua amiga Milana, parada à porta da casa, faz um sinal com a mão ao avistar o táxi. A viatura a deixa. As duas mulheres se abraçam. Depois, em lágrimas, hesitante, Milana diz em um soluço:

— Não toquei em nada. Wladimir veio escancarar as janelas. Eu não consegui. O padre deve chegar dentro de uma hora. Você não é obrigada a entrar. Ela deve ter morrido há vários dias. Não recebíamos notícias desde terça, mas muitas vezes Zorka ficava sem sair por dias a fio, não podíamos prever, você sabe.

— Não, não podiam — tranquiliza ela.

— Você entende — acrescenta Milana —, ela vivia trancada com os gatos. Era esse seu temperamento, essa era Zorka.

Ela empurra a porta entreaberta. O fedor é extremo. Ela tapa o nariz e a boca com um lenço. O que vê é inimaginável. O aposento é ocupado talvez por uns trinta gatos, que correm por debaixo da mesa, roçam nas paredes. Alguns a fitam com seus olhos penetrantes. Na penumbra, ela avança na direção da cama. De súbito, vê o corpo. Está agora diante do cadáver estendido, pele e osso. Contempla esse rosto irreconhecível, esses olhos esbugalhados, essas faces encovadas, esses cabelos grisalhos e ralos. Você gosta quando faço trança?, perguntava Zorka na infância. Ela deposita um beijo sobre esses lábios. Faz o sinal da cruz. Volta para a porta, onde Milana a espera. Pensa: essa era Zorka.

Gründ me apresentou suas condolências. É a primeira vez que as recebo e nada fiz para merecê-las. Gründ me diz que conheceu Zorka na época em que ela vinha aqui. Ele gostava muito dela. Eu agradeço. Ele explica que os dois tinham uma paixão em comum. Ele também adora gatos. Sente uma grande ternura por quem vive em companhia de gatos. Pede para eu não repetir o que acaba de me confiar, para eu guardar segredo, pois considera esse aspecto da sua personalidade uma fraqueza e, aqui, alguém poderia tirar proveito disso, por exemplo, Herbert Werner. Agradeço a confidência, prometo controlar minha língua.

Gründ não é o único a me confiar sua tristeza. Desde que a notícia se espalhou, vieram me consolar. Aqui todo mundo se lembra de Zorka. Pelo que entendi, ela havia feito amigos durante suas estadas prolongadas. Isso não é comum em nossa família. Somos seres reservados, não costumamos confiar com muita facilidade, alguns chegam a falar de misantropia. Não é que não amemos as pessoas, mas é que a maioria das pessoas não nos ama. Os que vivem na ilusão do contrário não entenderam nada.

Tia Zorka odiava a todos. Os homens em particular. A seus olhos, poucas mulheres mereciam sua simpatia. Ela me repetia:

cite uma pessoa que faça o bem sobre a terra — além da sua mãe, é claro! Eu achava difícil responder. Mesmo que conhecesse poucas pessoas que pudesse submeter a meu julgamento. Saio pouco. Não viajo. Quanto aos seres com que cruzo neste lugar, quem pode acreditar que queiram o meu bem?

Tia Zorka só gostava dos seus gatos. Ela se privava para que eles comessem à vontade. Propus à mamãe que os adotasse. Mamãe respondeu que não tinha lugar em meu quarto e que os enfermeiros não apreciariam ter outras bocas para alimentar. Verifiquei junto ao inspetor Heimrat — ele e minha tia têm em comum o fato de detestar a humanidade. Heimrat olhou bem fundo nos meus olhos. Perguntou quantos gatos tinha a minha tia Zorka. Uns trinta. Refletiu por um instante. Depois respondeu que poderíamos comê-los, disse que adorava carne de gatos, que deviam ter gosto de carne humana. Depois disso, soltou uma gargalhada e deixou o quarto. Prefiro acreditar ter sido uma piada.

Os gatos ficarão protegidos na casa de Novi Sad. Ninguém pensará em comê-los. Nós, os sérvios, gostamos dos animais. São criaturas de Deus.

O desaparecimento de Zorka mergulhou mamãe em um profundo pesar. Tento consolá-la. Passo horas ao seu lado. Ficamos em silêncio na varanda, um junto do outro. Não sou de grande ajuda. Minha simples presença mantém mamãe em permanente estado de alerta. O que posso fazer se o vazio me atrai?

2

Ele observa o homem sentado à sua frente. Segundo Juliusberg, que o acompanha, aquele homem, chamado Victor Schleiss, tem uma revelação essencial a lhe fazer. Esse psiquiatra fugiu da Alemanha em 1937. Depois, logrou entrar na Suíça. Em Zurique, ocupou o cargo de assistente na Burghölzli. Em seguida, tendo obtido um visto, migrou para os Estados Unidos.

— O que vou dizer tem um interesse especial para o senhor — prossegue o visitante.

— E surpreende a todos nós — acrescenta Juliusberg.

— O senhor conhece Ernst Rüdin, não é?

Médico suíço que mora na Alemanha, Rüdin é autor de uma obra sobre genética e higiene racial, e um dos iniciadores da noção de esquizofrenia hereditária. Rüdin é também o grande pensador do eugenismo do Reich. Redigiu a lei de "prevenção contra a transmissão das doenças hereditárias", promulgada em 1933, e que prega a esterilização dos doentes mentais. Em 1902, quando ainda era estudante na Polyteknikum, Einstein havia, junto com Mileva, assistido a uma conferência dada por Rüdin no Burghölzli.

— O senhor sabe o que está acontecendo, não é? — indaga Schleiss.

O programa de extermínio dos doentes mentais alemães está na boca do povo desde que o bispo católico de Berlim denunciou os "assassinatos batizados de eutanásia". Durante o mês de julho de 1940, todos os doentes mentais judeus hospitalizados do Reich foram enviados a Brandebourg-sur-la-Havel para ali serem exterminados com gás. Depois, o programa se estendeu aos doentes mentais não judeus. Cinquenta mil doentes teriam sido assassinados com monóxido de carbono dentro dos hospitais. O processo foi oficialmente interrompido graças à pressão do bispo alemão e reforçado pelo sermão do bispo de Münster, Clemens von Galen, transmitido pelas ondas da BBC.

Há uma suspeita geral, beirando a certeza, segundo a qual esses numerosos e inesperados falecimentos de doentes mentais não têm causas naturais, mas são intencionalmente provocados, de acordo com a doutrina segundo a qual é legítimo destruir uma pretensa "vida sem valor" — em outros termos, matar homens e mulheres inocentes, se acreditam que suas vidas não têm valor futuro para o povo e para o Estado. Uma doutrina terrível que busca justificar o assassinato de pessoas inocentes, que legitima o massacre violento dos deficientes incapacitados de trabalhar, aleijados, doentes incuráveis, pessoas idosas e enfermas!

O bispo alemão permaneceu mudo quanto ao extermínio dos doentes judeus.

— Sem dúvida, o senhor conhece o papel primordial desempenhado por Rüdin nesse programa. Heydrich era apenas seu braço armado. Pois bem, durante minha passagem por Zurique, soube que Rüdin se beneficiara de suas origens suíças para interferir junto ao diretor do Burghölzli, Hans Wolfgang Maier. Rüdin solicitou a Maier que lhe enviasse o dossiê do paciente Eduard Einstein.

— Mas isso é considerado segredo médico! — exclama Juliusberg.

— Eu providenciei uma cópia da resposta de Maier endereçada a Rüdin.

Schleiss tira do bolso um papel, põe os óculos e lê:

Ao meu distinto colega,
Professor Ernst Rüdin,
Não podemos atender à sua solicitação hoje, pois esse jovem está atualmente hospitalizado em nossa clínica. Podemos, entretanto, informar que ele sofre de uma esquizofrenia grave, claramente reforçada por causas psicogênicas. Quanto à questão da hereditariedade por parte do pai, faltam-nos informações, pois, desde que trato o filho de maneira ambulatorial, o pai não apareceu mais em nosso estabelecimento. Certo é que se trata de uma hereditariedade esquizofrênica oriunda da mãe, cuja irmã foi internada por catatonia. A mãe é uma personalidade esquizoide.
Como sabe, o casamento de Albert Einstein, do qual esse filho é fruto, há muito foi desfeito.
Caso ainda tenha outras perguntas, permanecemos à sua disposição.

Schleiss dobra a carta e a pousa sobre a mesa.

— Caro Victor — intervém Juliusberg —, o senhor, que acaba de chegar de Zurique, acredita que os suíços seriam capazes de entregar aos nazistas outra coisa além dos relatórios médicos?

— O senhor quer dizer... homens?

— Quero dizer *um* homem.

— Não, os suíços não fariam isso. Os bancos suíços guardam o dinheiro dos nazistas. As autoridades suíças interditam o acesso de refugiados judeus em seu país. O exército suíço rechaça os judeus nas fronteiras, deixando-os à mercê dos SS que os perseguem. Mas entregar um cidadão suíço? Não, não o farão.

— Mesmo que o paciente valesse ouro? — murmura Juliusberg.

Victor Schleiss reitera sua resposta, deixa passar um tempo, e depois diz em um tom mais leve:

— O senhor sabe, fui aluno de Freud. O professor o conheceu, não é?

Ele rememora seu encontro com Freud, em Berlim. Foi no inverno de 1926. Freud visitava o filho, Ernst, que exercia a profissão de arquiteto na capital. O encontro havia sido cordial. Entretanto, não surgira nenhuma corrente de simpatia verdadeira. Freud tinha mais de 70 anos. Ele, apenas 48. Sentira uma espécie de animosidade por parte do vienense. Freud parecia ter com ele uma relação de rivalidade. "O senhor teve mais sorte que eu", escrevera o psicanalista a ele, por ocasião do seu quinquagésimo aniversário.

Ele próprio nunca escondeu de Freud suas reticências em relação à psicanálise. "Prefiro viver na obscuridade de quem não fez análise... Talvez nem sempre seja útil fuçar o inconsciente... Acha que analisar nossas pernas nos ajudará a andar?"

Ele não apoiou a candidatura de Freud ao Nobel de 1928. Afirmava não poder pronunciar-se quanto à verdade de seus ensinamentos. Duvidava de que um psicólogo pudesse ser candidato ao Nobel de Medicina. A animosidade do vienense havia redobrado ao saber que Einstein também não havia cumprido sua promessa e que ele jamais ganharia o prêmio.

Em 1931, contudo, havia confessado a Freud ter mudado de opinião: "Todas as terças-feiras leio seus livros e só posso lhes elogiar a beleza e a clareza... hesito entre acreditar ou não." A relação, então, tinha lentamente reaquecido.

— Como foi escrito o ensaio sobre a guerra que redigiram juntos? — indaga Victor Schleiss.

Ele explica que a ideia de um livro a quatro mãos havia nascido na aurora dos anos 1930, e chegara à Sociedade das Nações (SDN) por intermédio do Instituto Internacional para a Cooperação Intelectual. A obra era anunciada como um acontecimento. O descobridor da teoria da relatividade e o inventor da psicanálise reunidos para refletir sobre o estado de um mundo doente, corroído pela violência e pelo ódio. Um livro escrito por dois gênios do Povo do Livro, a inteligência superior e o guardião da psiquê. A SDN tinha sido salva. A humanidade tinha sido salva. *Por que a guerra?* A questão ancestral, que mergulhava nas insondáveis pulsões do homem, seria solucionada. O livro foi publicado no dia 22 de março de 1933. A partir do dia 10 de maio do mesmo ano, a obra veio a se juntar na fogueira aos outros livros de Einstein e de Freud transformados em cinzas, sob as aclamações das multidões alemãs.

— Seria uma honra ter esse livro com uma dedicatória de próprio punho — diz Victor Schleiss.

Ele se levanta, aproxima-se da biblioteca, encontra em uma prateleira a obra, da qual lhe restam três exemplares. Apanha um, senta-se à sua escrivaninha, pega a pena, escreve uma dedicatória, entrega o livro ao visitante. Schleiss agradece. Juliusberg anuncia que é chegada a hora de partir. Cumprimentam-se. Ele sobe ao andar de cima. Acomoda-se em sua poltrona. Contempla o céu pela janela. A figura de Freud lhe vem ao espírito. Depois pensa em Eduard. Nunca falou com Freud do mal que se abateu sobre o filho. Não obstante, Zurique é perto de Viena. E Freud é um dos melhores conhecedores das psicoses. Freud poderia aconselhá-lo. Orientá-lo e, por que não, receber Eduard em seu consultório.

Escreveram juntos *Por que a guerra?* em 1932. Na ocasião, Eduard estava hospitalizado no Burghölzli. Tratado pelos colegas de Freud e por alguns de seus alunos. Poderia ter deixado escapar uma palavra ao vienense em uma das correspondências trocadas.

Freud era o modelo, o ídolo do seu filho. Eduard pretendia estudar psicanálise. Quando entrava no quarto de Eduard, via um grande retrato de Freud preso à parede. Impotente, contemplava o naufrágio psíquico do filho diante da imagem do guia supremo da psiquê. Ao mesmo tempo, escrevia a Freud, trabalhava com Freud nesse livro, cuja ambição era restituir a razão aos homens.

Mas nem uma palavra sequer sobre o caso Eduard Einstein. Em 1936, de Princeton, escreve a Freud:

Durante um longo tempo contentei-me em apreciar a força especulativa do seu pensamento, e sua imensa influência sobre as concepções da nossa época, sem ser capaz de formar uma opinião sólida sobre a exatidão de suas hipóteses. Recentemente, tive conhecimento de alguns casos de pouca importância cuja única interpretação possível é a da sua teoria da repressão. Fiquei encantado ao descobrir esses casos, pois é sempre uma felicidade constatar que uma grande e magnífica teoria corresponde à realidade.

Quais eram esses casos "de pouca importância" dos quais havia tomado conhecimento e sobre os quais não se abrira com ninguém? O "caso Einstein" fazia parte dele? Além desse, qual outro?

"Fiquei encantado ao descobrir esses casos." Arrepende-se dessas palavras. Não ficou encantado ao descobrir caso nenhum.

Correspondera-se com Freud até 1938. Uma questão o deixa obcecado. O psicanalista sabia que seu interlocutor e rival tinha um filho psicótico? Poderia ignorá-lo? Freud nunca fizera a menor alusão ao caso.

Vai buscar na biblioteca outro exemplar de *Por que a guerra?* Folheia o opúsculo. Depara com a questão dirigida a Freud na conclusão do seu texto:

É possível controlar o psiquismo do homem de modo a torná-lo imune às psicoses do ódio e da destrutividade?

Essa interrogação constituirá a espinha dorsal da troca de cartas. O que tinha secretamente em mente em 1932? "É possível controlar o psiquismo do homem?"

Continua a folhear o livro. Eis o que lhe responde o médico:

Presumi que escolheria um problema situado nas fronteiras daquilo que é atualmente cognoscível, um problema em relação ao qual pudéssemos, tanto um como o outro, o físico e o psicólogo, aceder cada um por seu próprio caminho, de modo a nos encontrarmos no mesmo terreno, partindo de direções distintas. O senhor também me pegou de surpresa ao me perguntar se eu sabia o que pode ser feito para proteger a humanidade da ameaça de guerra. Eu mesmo fiquei inicialmente assustado com minha — ia dizer nossa — incompetência...

Prossegue a leitura. Chega à conclusão de Freud:

Receio estar abusando do seu interesse, que pretende se voltar para os meios de prevenir a guerra... O instinto de morte se torna pulsão destrutiva quando, com o auxílio de órgãos especiais, é dirigido para fora, para objetos. O ser animado protege, por assim dizer, sua própria existência destruindo o elemento estranho.

Ele pensa em Eduard. Depois, em si mesmo. "*O ser animado protege a própria existência destruindo o elemento estranho.*" Pergunta-se é assim que ele se protege, mantendo tamanha distância de Eduard. Ele protege sua própria existência. Destrói o elemento estranho. Ele se submete ao instinto de morte.

Anteontem, no Burghölzli, bem no meio do jardim, sob um sol radiante, uma moça muito linda se aproximou de mim, me pegou pela mão e me levou na direção de um banco no qual nos sentamos. Nem uma única vez alguém do sexo oposto se comportou assim comigo. Em seus olhos, brilhava uma luz que me hipnotizava. Ela pousou as mãos sobre as minhas. Ela me sorria sem motivo. Ela disparou:

— Eu me chamo Maria Fischer e tenho a impressão de já ter visto você em algum lugar.

— Muitas vezes me dizem isso. Tenho um rosto muito comum.

— Você tem um rosto muito bonito.

— Ninguém nunca me disse isso.

— As pessoas mentem o tempo todo. Sempre escondem alguma coisa.

— Concordo com você.

— Sabe o que elas escondem?

— Não estaria aqui se soubesse.

— Por que está aqui?

— Não sei.

— Eu também não sei.

— Você deve estar aqui por engano. É bonita, tem um ar inteligente.

— Acho que não é uma questão de inteligência.

— Então não entendo.

— Eles me culpam de ser louca.

— Eles acusam todos nós. É uma verdadeira obsessão. Acho que devíamos prevenir as autoridades.

— Inútil, eles estão mancomunados com... Você acha que sou louca?

— Eu acho você muito bonita, se me permite.

— Ah, todo mundo se permite!... Você diz a todas as moças que encontra que elas são bonitas?

— Eu não encontro nenhuma moça.

— Então, fala sem saber. Como quer que eu acredite em você?

— Tem razão, é difícil. Ainda não passei nas provas.

— Tente.

— *Tu me acusaste de não te amar, e esta censura me é bem amarga, posto que o que me atormenta, e o que te importuna, é meu excesso de amor, Adèle.*

— É lindo.

— É de Victor Hugo. Gosto muito dos poetas franceses.

— Não tem nada de mais pessoal a me dizer?

— Preciso que me dê um tempo.

— Todos vocês dizem a mesma coisa. Por isso detesto os poetas... Acho que vou embora.

— Fique! Vou encontrar um monte de coisas pessoais para dizer. Eu já falei do meu pai? Em geral, as pessoas gostam quando falo dele.

— O que tem seu pai?

— Meu pai é Einstein.

— E daí?

— Você não conhece Einstein?

— De nome.
— Ele é um pai terrível.
— O que ele fez de mal?
— Ele nos abandonou, a meu irmão e a mim, nas mãos de nossa mãe. Ele deixou minha mãe em circunstâncias terríveis. Ele a enganou de todas as formas. Ele foi embora por causa de outra mulher. E, segundo mamãe, ele também trai essa mulher com outras. Ele ama as mulheres, ele as multiplica. Ele é atroz. Ninguém diz isso. Não me impedirão de revelar a verdade. Eu detesto meu pai.
— Eu também detesto o meu.
— Ele traiu sua mãe com mulheres?
— Não, ele dormiu comigo. Ele me violenta desde que tenho 5 anos. Aos domingos pela manhã, quando mamãe vai ao mercado. Todos os domingos, ele me violenta. Não gosto dos domingos. Seu pai também violenta você?
— Não.
— Então me enganei a seu respeito.
— Eu posso dizer outras coisas sobre meu pai.
— Você fala demais do seu pai. Seu pai não tem mais valor do que o meu só porque se chama Einstein. O fato de ser famoso não o torna obrigatoriamente mais odioso. Todos os homens são desprezíveis. Se houvesse um prêmio Nobel de safadeza, meu pai seria premiado. O seu já tem o prêmio dele. Vou fazer uma pergunta. Responda com franqueza... Gostaria de fazer sexo comigo?
— Agora?
— No depósito do subsolo. Quer?
— Não posso fazer sexo sob encomenda.
— Eu não te desperto desejo?
— Ah, sim, claro, nunca uma mulher tão linda falou comigo.
— Seu comportamento é estranho, Einstein. Em geral, os homens aceitam minha proposta sem discutir e vamos fazer sexo no subsolo, no depósito.

— Quem são esses homens?
— Não me lembro.
— Diga um nome.
— Gründ.
— Gründ!?
— E Forlich.
— Forlich!?
— Heimrat recusou em função do regulamento. Mas eu bem vi que a ideia lhe passou pela cabeça. Dá para ver que nem passou pela sua. Você é esquisito.
— Repetem isso todo o tempo.
— Isso não quer dizer que valha mais que os outros.
— Eu entendi.
— Nem mais nem menos, você é um canalha como todo mundo. Quando tiver compreendido isso, vai melhorar e querer fazer sexo comigo. Por isso é melhor eu me despedir agora. Enquanto você não apodrece por dentro. Qual é seu nome além de Einstein?
— Eduard.
— Adeus, Eduard.

Ela partiu de repente. Se encontrar uma jovem muito bonita que segura as mãos da gente, me avise.

3

Desde o falecimento de Zorka, ela experimenta uma espécie de cansaço estranho. Sai cada vez menos. Pouco a pouco, seus sentimentos parecem lhe escapar. O desaparecimento do pequeno Klaus a abalou menos do que teria suposto. Não consegue mais lembrar-se do seu rosto. Sua tristeza entorpeceu. Toda forma de ânimo a abandona. Não tem mais forças para dar a notícia a Eduard. Ademais, isso mudaria alguma coisa?

Ir para a janela e contemplar o Limmat não suscita mais nenhuma emoção. Degustar um strudel de maçãs no café com Helena não lhe proporciona nenhuma alegria. Não poderia dizer há quanto tempo não ri. Anos talvez. Não se recorda mais. Quem sabe também tenha perdido a memória? Assim como fugiram os bons momentos, as recordações boas lhe escapam. Ignora onde encontrar um motivo para ser feliz. Tudo secou para sempre.

A última obra que teve entre as mãos foi *A Sonata a Kreutzer*. Uma frase interrompeu sua leitura: "*Todos, todos, homens e mulheres, somos criados acreditando nessas aberrações sentimentais a que chamamos de amor.*" Não lerá mais nada.

Vê crescer nela estranhas impressões. É um olhar na padaria quando pede um pão francês. Ou o bom-dia da vizinha quando Eduard passou uma noite agitada e barulhenta. A vendedora de legumes a rouba, pouca coisa, é verdade, cem gramas nas cenouras, dois centavos nas laranjas. Tomam-na por Creso só por ser a ex-esposa do Nobel. As pessoas sabem que o dinheiro do Nobel foi depositado em sua conta. Um dia, sua cabeleireira lhe disse: "Oitenta mil coroas suecas é uma soma e tanto!" Suas economias evaporaram como fumaça. Albert, que continua a depositar trezentos francos suíços mensalmente, acaba de comprar anonimamente, por intermédio de uma empresa, o apartamento da Huttenstrasse, 62. Ela não conseguia mais pagar as despesas. Tinha sido ameaçada de despejo. Permanecerá no apartamento até o dia de sua morte. Foi a promessa que ele lhe fez. Aquele homem tem todos os defeitos do mundo, mas cumpre suas promessas. Desde a infância, ele cumpre suas promessas.

O dinheiro escorre entre seus dedos. Não soube administrar os dois apartamentos que lhe garantiriam uma renda. Nada tem de administradora. Acabou vendendo ambos os imóveis. Ignora onde foi parar o dinheiro. Suspeita ter sido roubada pelo tabelião.

Nenhum estudante vem mais bater à sua porta para aulas de matemática. Não se sente mais apta a ensinar. Não encontra mais soluções para os exercícios. Não entende mais nada de números. Perdeu o sentido da fórmula. Nenhum problema tem solução.

Ao seu redor, os seres fugiram. Seus filhos a abandonaram. Hans-Albert partiu para os Estados Unidos. Eduard vive perdido em seu mundo. Lieserl, no além.

Vai fazer 70 anos. É uma velha. A luz não penetra mais em seu espírito. Nenhum estranho entra mais em sua casa. Teme terminar como Zorka.

Está desesperada para ver o fim da guerra. Disseram-lhe que os ventos estão mudando. A contraofensiva do Exército Vermelho é um sucesso. Falam de um desembarque dos Aliados no continente. Viverá o bastante para ver seu país livre e Novi Sad recuperar as cores sérvias? Duvida que isso mude alguma coisa para ela. Está velha demais para que as coisas melhorem. Espera tão somente que o fim das hostilidades seja benéfico para Eduard. Um dia Eduard conhecerá a paz?

Sua amiga Helena a visita duas vezes por semana. Ninguém mais vem romper o círculo de sua solidão. Ao longo das semanas, ela vai se desligando de tudo. Sua memória lentamente lhe prega peças. Fragmentos de sua vida lhe escapam. Apenas os maus momentos permanecem. Seus quadris tornam sua vida um calvário. Seus dedos doloridos estão entrevados. Sua vista começou a diminuir. Não distingue mais tão claramente quanto antes a forma dos objetos. Seu corpo inteiro escangalhou. Sua alma é prisioneira de um imenso tormento. Nada se move à sua volta.

Quando se olha no espelho, vê uma expressão de desgosto e sofrimento em um rosto pálido e magro. Ela guardou todos os espelhos.

A princípio, vivia na ilusão de que sua reclusão seria uma proteção contra o barulho e a fúria do mundo. Refugia-se sozinha, sem reconforto. Nasceu em 1876. Agarra-se à existência — ou será o inverso?

Quer colocar Eduard em um lugar seguro. Teme o que acontecerá no dia em que ela desaparecer. Não confia no ex-marido. Escondeu no armário embutido todas as suas economias, a soma de oitenta mil francos suíços em espécie. Não revelou a ninguém que sua fortuna está lá. Prefere sabê-la ali a vê-la no banco. Os banqueiros são bandidos. A dona da padaria é uma ladra. O mundo inteiro a enganou. Não para de enviar cartas ao ex-

-marido implorando por dinheiro. Seu ex-marido quer colocá-la sob tutela. Seu ex-marido não tem coração. O que acontecerá com Eduard?

Hans-Albert fala em visitá-la quando a guerra terminar. Há quantos anos não vê o filho primogênito? Ela só possui Eduard na existência. E Eduard não possui nada. Eduard é o único que nunca a abandonará. Que nunca vai traí-la. Os dois estão unidos na vida e na morte.

Anteontem, o inspetor Heimrat nos levou ao cinema. Vimos *Saratoga*, com Clark Gable, um ator de quem gosto muito, e Jean Harlow, que acho muito linda. No caminho de volta, o vigia nos contou que a senhora Harlow morreu durante a filmagem sem que ninguém se apercebesse de nada. A produção utilizou uma dublê para gravar o fim. Ainda bem que não sou o único que me desdobro. Mas, comigo, nunca é como no cinema.

Nas atualidades que precediam o filme, multidões desfilavam pelas ruas de Paris. Eu gostaria de visitar Paris agora que os alemães não estão mais lá. Falaram de Saint-Germain, Saint-Paul e Sainte-Anne. Eram os nazistas ou eu. Aquela gente não gosta dos homens de minha condição. Eu me pergunto o que lhes fizemos. Por que detestar sem razão quando existem decididamente tantos bons motivos para odiar? Eu nunca compreendi essa história de raça superior. Enfim, agora que os nazistas desapareceram, as raças terminaram.

O fim do conflito deixa todo mundo relativamente frio aqui. É preciso dizer que não conhecemos de fato a guerra. Perguntei ao inspetor Heimrat por que os alemães não nos invadiram. O que nós tínhamos feito de mal. Ele me fitou com seu olhar sombrio.

"Você ia ver só uma coisa se os alemães tivessem vindo! Você é mesmo um insolente. Agradeça ao seu governo em vez de vir com esses comentários dissimulados!"

Se tem um defeito que eu não tenho, é a dissimulação.

Tenho uma opinião a esse respeito. Existe uma razão para os alemães não terem nos invadido. Nós não valemos menos que a terra inteira. Somos a porta ao lado e os cofres de nossos bancos estão cheios. Minha opinião: a Suíça dispõe de uma arma secreta capaz de destruir Berlim. Essa arma está enterrada debaixo do Mont Blanc. O código secreto dessa arma está escondido no cofre do Banco Central. Ou seja, inviolável. Os alemães ficaram com medo, temiam essa arma mais que o Exército Vermelho e o de Roosevelt. Não vejo outra explicação.

Pelo que dizem, o final da guerra devia melhorar nosso cotidiano. Mesmo que eu não tenha realmente motivos para me queixar de privações. Sempre comi tanto quanto me apetece. Deixam-me sair à vontade. O que mais pedir da vida?

4

Fora convidado, nesse mês de agosto de 1945, a ir a Nova York, para festejar a vitória. Declinou. Fora de cogitação desfilar sob chuvas de confetes. Tampouco ouvir refrãos e fanfarras na Quinta Avenida. Nada de apertos de mão efusivos depois daquele banho de sangue. A seus olhos, esse dia não marca libertação nenhuma. Essa data marca apenas o fim de um terrível calvário.

Ele viu as imagens da juventude radiante desfilando entre os prédios; belos, orgulhosos e valentes soldados recém-chegados do front, moças penduradas em seus pescoços, avenidas lotadas de gente, vibrantes de vida. Ele nada tem a festejar. Este dia chegou tarde demais. Hitler prometeu o inferno aos judeus. Metade da população judia foi exterminada. Hitler cumpriu metade de sua promessa. Esse dia marca a vitória parcial dos nazistas. Ele devota ao povo alemão um ódio sem limites. Alguns concedem o perdão, mas não o esquecimento. Ele jamais esquecerá, tampouco perdoará. O tempo não triunfará sobre seu rancor. Seu ódio se compara ao massacre cometido, digno do crime dos alemães. Seu ódio é imprescritível.

Uma nova ameaça recai agora sobre ele. Sua aura se dissipou na nuvem de fogo que explodiu no céu de Hiroshima. Na primeira página do *Times*, aparece um perfil seu, tendo às costas um cogumelo atômico. Ele é o homem que trouxe a infelicidade nuclear.

Do que é culpado? De uma carta datada de 1939, endereçada a Roosevelt. Uma fórmula sobre as propriedades da energia, descoberta ainda jovem. De nenhum outro modo foi associado à construção da bomba. Ele foi afastado do Projeto Manhattan. Deixaram-no na ignorância do projeto que empregará centenas de milhares de americanos, inclusive seus amigos Oppenheimer, Niels Bohnr, Fermi. Julgaram-no indesejável. O FBI alegava que ele poderia entregar os segredos da bomba aos soviéticos. O único favor que lhe teria sido concedido, atendendo à sua vontade de lutar utilizando seus próprios meios, na sua idade, contra a Alemanha nazista era trabalhar na fabricação de sonares. Conselheiro voluntário da Marinha, eis a contribuição para a guerra do homem que descobriu a relatividade. Em abril de 1945, quando a bomba estava pronta e a Alemanha, vencida, voltou a escrever a Roosevelt, a fim de deter a máquina louca. Roosevelt morreu antes de ter lido seu apelo. Quanto a Truman...

Ele é considerado o pai da bomba atômica. A carta a Roosevelt assinala a certidão de nascimento. $E = mc^2$, seu reconhecimento de paternidade. Ele não reconhece seu filho, não quer assumir a paternidade. Recusa o papel de gênio perverso.

Doravante, recebe a visita de Hans-Albert todos os meses. Dão um longo passeio às margens do lago Carnegie. Almoçam juntos. Hans-Albert fala do departamento de física no qual hoje leciona, comenta às vezes o objeto de seu trabalho, o mecanismo do transporte de sedimentos na água, ou então, simplesmente, faz o relato de um dia escolar do filho, Bernhard.

As provações da vida os reaproximaram. O tempo apagou os rancores. Os anos de frustração, de dor, de cólera deixaram, contudo, sua marca. O rosto do filho parece totalmente diferente quando se dirige ao pai e quando fala com os outros. O ressentimento petrifica em sua face o rastro dos antigos medos. É um alerta permanente. A tempestade pode desabar a partir da mais insignificante observação. Tentam preservar o laço. E mantêm o passado a distância. Mas, no atalho do silêncio, o tom muda brutalmente. O apelo à calma é esquecido, e a trégua, rompida. Hans-Albert quer partir para a briga. Ele banca o procurador, retoma seu requisitório.

— É verdade o que dizem ou é lenda? Você fez minha mãe assinar um contrato no qual impunha condições para permanecer em nossa casa? Estabelecia que ela não devia falar com você sem a sua autorização, não abrir a porta de seu escritório sem a sua permissão?

Esse documento remontava a trinta anos. Não precisava se justificar diante do filho. Não obstante, tentaria fazê-lo. Aquela época prenunciava o alvorecer de uma glória imensa. Suas teorias, publicadas nos *Anais de Física*, levaram Planck, o patrono da ciência alemã, a afirmar que Einstein era o novo Galileu. Sua única aspiração era resolver a generalização da teoria da relatividade restrita. Praga lhe oferecia uma cadeira de professor. Berlim o acolhia. Dar prosseguimento às pesquisas era sua obsessão. Mileva vivia em permanente estado de ciúme doentio. As recriminações eram constantes. Rejeitava seu modo de vida. Ela o acusava do tempo dedicado a seus trabalhos, de suas saídas com os amigos Besso, Grossmann e Volodine. Enquanto ele se abria ao mundo, ela se fechava em si mesma. Ela lhe imputava a responsabilidade pela própria infelicidade. É evidente que o contrato era absurdo. Ele era jovem, tinha apenas 25 anos. Não cometemos erros aos 25 anos?

— Mas você a amava, não é?

Ele responde que sim. Não se estende. Não quer magoar o filho. Ele mente. Não se podia chamar aquilo de amor. A bem dizer, nunca foi um homem amoroso. Deixava-se levar por paixões fugazes. Ignorava o que era fidelidade. Vivia a ilusão de não ter amarras. Multiplicara as relações extraconjugais. O amor não era seu forte. Mileva tinha sido um amor passageiro da juventude. Nutria em relação a ela um misto de afeto e fascinação. A fragilidade da jovem o atraíra; assim como sua inteligência e força de vontade o haviam subjugado. No dia em que se conheceram, ele contava apenas 20 anos. Estava descobrindo a vida. Não imaginava o alcance de seus atos. Lieserl havia nascido. Eles se casaram. À medida que a glória ia se anunciando, Mileva mudava, tornava-se amargurada. Mas de que adiantava relembrar tudo isso? Tudo lhe parecia tão distante. Tantos anos se haviam passado, tantos dramas ocorrido. Os seres dos quais falavam tinham, em sua maioria, desaparecido.

— O tempo não apaga nada. Trata-se de nossas vidas. Dê-me um fato, uma circunstância atenuante, para seu comportamento com minha mãe.

Uma lembrança lhe vem à mente. Espera que seu filho compreenda. O evento ocorreu no dia 21 de setembro de 1913. Ele se ausentara de Zurique. Mileva havia mencionado a possibilidade de ir a Novi Sad visitar Zorka e mostrar quanto seus filhos tinham crescido. Ela não havia mencionado nada além disso. Não discutiam religião. A religião era uma espécie de não dito, um *status quo*. Ela sabia quanto ele era arraigado às raízes judias. Essa tinha sido uma das razões pelas quais sua mãe se opusera ao casamento. Seu próprio pai, Hermann, só dera a bênção em seu leito de morte. Ele enfrentara a lei judaica para desposar Mileva.

— Você se redimiu ao se unir à sua prima? Sua mãe gostava de Elsa, não é? De alguma forma, você se reconciliou com ela ao desposar Elsa. Reparou seu erro!

Ele prossegue sem se alterar. Mileva e ele jamais falaram de conversão, nem de batismo ou de circuncisão para as crianças. Depois chega aquele dia de outono. Mileva pega as crianças e as leva até Novi Sad. São aguardados por toda a família Maric. Organizaram uma festa. A igreja São Nicolas foi enfeitada com flores para a ocasião. O vinho de missa, trazido. Encheram a bacia de mármore diante do altar. O padre Théodor Milic faz um sermão. Primeiro buscam a ele, Hans-Albert. O padre verte água benta em seu rosto. Depois chega a vez de Eduard. Eduard escapa, corre pela igreja. É agarrado em meio a risos. Levam-no à fonte batismal. O padre batiza Eduard. Pronto, as crianças Einstein tornaram-se cristãos ortodoxos. No dia seguinte, um artigo do jornal de Novi Sad relata o acontecimento antes mesmo de ele ser avisado.

— O que há de mal em sermos batizados? Em sermos cristãos? Nem todo mundo nasceu para se tornar um santo judeu como você.

O filho podia compreender o sentimento de traição experimentado então? Conseguia avaliar o grau de deliquescência que esse ato significava para o casal Einstein? Ora, ele queria um fato. Pois ele lhe dera um.

Fala do seu casamento com a maior sinceridade possível... Ele e o filho despertam o passado. Entretanto, nem um nem outro conseguem evocar a figura de Eduard, tampouco pronunciar seu nome.

Hoje de manhã, quando cruzei com o inspetor Heimrat, quis eliminar qualquer dúvida do meu coração. Fiz a seguinte pergunta:

— Inspetor, devo me alegrar com a vitória dos Aliados?

Ele respondeu que sim, que eu podia.

Pedi respostas precisas. Detesto ficar na incerteza. *Podia* ou *devia* me alegrar? É preciso que as coisas fiquem bem claras em meu espírito.

— Você deve — lançou ele.

— Se é um dever, então deixa de ser realmente um prazer.

— Faça como bem entender, Einstein.

— Assim é diferente. O senhor me dá o livre-arbítrio. Então vou me alegrar.

— Você pode.

— Tenho outra pergunta, inspetor Heimrat.

— Em geral, você não faz perguntas, Einstein.

— Gostaria de saber se o senhor ficou alegre com a vitória dos Aliados.

— Minha opinião interessa?

— Mais do que imagina.

— Vou explicar... Eu, bem, eu não sou como todos os políticos desonestos que nos governam. Não mudo de acordo com o vento e os acontecimentos. Eu conservo minhas convicções. Fui um suíço neutro durante toda a guerra. Neutro, desde setembro de 1939. Faz seis anos que mantenho neutralidade absoluta. Absoluta e sincera. Faz parte do meu caráter; depois de quinze anos de convivência, você já me conhece um pouco. Nem a favor de Hitler nem a favor de Churchill. Foi o que garantiu minha ordem moral e minha segurança, meus passeios de barco à vela com minha esposa Giselle, no lago Léman, todo verão, e minhas longas caminhadas no cume dos Alpes na primavera. Só tenho uma palavra, você sabe. Pois bem, eu a mantenho. Neutro ontem e neutro hoje. Não nutro nenhuma simpatia por Hitler. Mas o nazismo era a expressão da vontade de um povo. Os alemães adotaram uma doutrina na qual acreditavam sinceramente. Quem sou eu para criticar essa doutrina, proclamar que é ruim? É verdade que essa ideologia apresenta inconvenientes. Ela é bélica e violenta, não é gentil com alguns. Às vezes é injusta. Mas a vida é justa? Churchill é justo? A ordem moral é justa? E depois, em termos mais egoístas, Hitler não foi ruim conosco. Fizemos negócios com ele. Quem poderia nos reprovar por isso? Os belicistas? Os membros do campo oposto, os democratas? Não temos de dar satisfação a essa gente. Nós, bem, nós não preferimos a guerra. Preferimos os negócios. Você acha isso ruim, os negócios?

— O senhor sabe muito bem que eu perdi a noção do bem e do mal quando tinha 20 anos.

Heimrat então tirou uma nota do bolso das calças, uma nota de dez francos suíços e perguntou:

— O que é isso, Einstein?

— Uma nota de dinheiro.

— Esta nota lhe parece boa ou má?

— As notas podem ser más?

— Excelente, Eduard, você encontrou a resposta! Um homem pode ser mau, veja seu colega Werner, veja Gründ. Mas o dinheiro ignora a moral. Eis por que não havia motivo algum para não negociar com o Reich. Os que pretendem o contrário veem o mal onde não existe. Veem o mal nessa nota. Essa gente é igual a você: perdeu o juízo. Só que não tem suas desculpas. São inimigos da moral. Inimigos da Suíça. Você, bem, você é amigo da Suíça, não é?

— Mas eu sou suíço, inspetor Heimrat.

— Então, vai concordar conosco. Aliás, não é saudável se opor a seu país natal. Olhe aonde isso levou seu pai.

— Então, para o senhor, inspetor Heimrat, não se deve festejar a vitória dos Aliados?

— Não sou aliado de ninguém. Não sou inimigo de ninguém. Somos um povo sem história, Eduard. Os alemães são bons de cerveja. Nós, de dinheiro. Povos bons em alguma coisa podem se entender. Também nos entenderemos com os americanos, que são ótimos em conversa fiada. Só queremos ficar tranquilos. Frutificar nossas vidas. Trocamos bilhões de nossos francos suíços por toneladas de ouro do Reich. Precisamos saber de onde provinha aquele ouro? Não, Einstein, isso não é problema nosso. Que aquele ouro provenha em parte da espoliação dos judeus, Eduard, isso é problema dos judeus. Ou dos alemães. Não nosso. Que esse ouro venha da boca dos judeus, da sua dentição, não deve ser motivo de preocupação. Eis a base de nossa riqueza, o bê-á-bá de nossa tranquilidade: não perguntamos a procedência. Não damos a mínima para a origem. Não fazemos perguntas inúteis. Devemos ignorar o porquê do como. Não temos mentalidade policial, ao contrário daqueles que nos reprovam. Sabemos nos adaptar à moral. É um defeito? Fizemos nossos acordos com o Reich. É culpa nossa se os belgas ou os holandeses são menos adaptáveis que nós?

— Com certeza, não, inspetor Heimrat.

— Nossos cofres estão cheios e não enfrentamos a guerra. Você preferia o inverso? A Suíça nunca entrou em guerra. Não desejou a derrota de ninguém. Tampouco a vitória de ninguém. Quem pretender o contrário é mentiroso. Ou mente agora para você e para seus aliados vencedores ou mentiu aos boches durante seis anos. E eu, bem, eu não suporto a mentira. Sou do partido da verdade. Nunca tive inimigo declarado. Não posso me alegrar com a derrota de alguém que não era meu inimigo.

— E eu, posso?

— Você é diferente.

— Obrigado, inspetor Heimrat.

— Não precisa me agradecer. Se tem sangue judeu, não tenho nada com isso. Não posso impedir, assim como não posso me alegrar com isso. E, se tenho opinião sobre a pergunta, no exercício da minha função, também devo guardar a neutralidade. Não sou contra nem a favor dos judeus. Mesmo achando que, no início da guerra, aceitaram na Suíça um número grande demais de judeus. É ruim quando há muito judeu, acaba-se atraindo a desgraça. Veja o que aconteceu com os holandeses, veja a Polônia em ruínas. Felizmente, em nosso país o erro foi corrigido. Logo compreendemos que a barca estava cheia. Medidas eficazes foram tomadas. Essas medidas eram justas? Depende do ponto de vista. Para os alemães que puderam recuperar os judeus, as medidas foram justas. Para os suíços, cuja barca estava cheia, elas eram justas. Agora, me dirá você, e para os judeus? Mas é o judeu em você que se interroga assim. O suíço em você já teria chegado a uma conclusão. Os suíços são pessoas razoáveis. Razoáveis e neutras. Eduard, eu, eu não sou contra; eu aceito os judeus.

— O senhor sabe que eu não sou judeu. Não tem razão alguma para ter que me aceitar.

— Isso é o que sua mãe afirmava quando vinha aqui. Você teria sido batizado segundo o ritual ortodoxo. Mas você sabe que eu sou desconfiado. Quem pode nos dizer o que é judeu em você? Quem pode garantir o que não é? Permita que eu fique na dúvida. Para mim, você é no mínimo metade judeu.

— Tenho a impressão de ser fragmentado.

— Não sou eu que estou dizendo.

— Metade do meu cérebro se dirige à outra metade. Fala uma língua que não compreendo, que não aprendi.

— Talvez seja hebreu.

— Talvez, pois não entendo hebraico. E, nesse momento, tudo se embaralha no meu crânio. Parte de meu corpo funciona, e a outra não me pertence mais.

— Eu sei, Einstein. Por isso está aqui: para isso terminar.

— Mas continua.

— Você não tem a impressão de sofrer menos que antes? Ou tudo o que fazemos por você é em vão? Não é possível que seja ingrato a esse ponto.

— É verdade que sinto menos as coisas que antes.

— Isso quer dizer que está no caminho certo, Eduard. O progresso é ter menos percepção da dor da existência. Mostrar-se insensível às turbulências. Quinze anos passados aqui fizeram de você outro homem, você sabe. Eu mesmo pude constatar.

— Eu engordei muito.

— Ninguém liga para o peso.

— Falo mais devagar; e às vezes tenho dificuldade de expressar claramente meus pensamentos.

— As pessoas não ficam no Burghölzli para pensar, Eduard.

— Os que estão aqui há trinta anos quase não se expressam mais.

— E são dignos de pena? Não se sente mais seguro em nosso mundo que do lado de fora? Muita gente tem inveja de você, sabia?

— Não vejo motivo para ser invejado.
— Você é filho de Einstein. Nem todo mundo tem essa sorte.
— E o senhor, o senhor me inveja?
— Não, bem, eu o conheço, é diferente. Gostaria que eu o invejasse?
— Não desejo mal a ninguém, inspetor Heimrat.
— Você é um bom sujeito, Einstein.

Ele saiu e fechou a porta. O bater da porta deve ter fissurado alguma coisa em meu cérebro, já fragilizado pelo excesso de reflexão. Senti desprender-se um fragmento do meu encéfalo esquerdo. E um lado inteiro do meu corpo, a metade direita, se viu de repente privada de tônus. Quase caí no chão. Minha perna e meu braço esquerdo resistiram. Avancei até a porta com a intenção de alcançar o inspetor Heimrat. Queria lhe comunicar sobre o estado em que aquela conversa me deixara, informar que suas palavras não me deixavam indiferente. A custo de grande esforço, consegui abrir a porta. Comecei a andar no corredor. Via ao longe a silhueta do inspetor Heimrat. Quis gritar seu nome. Em vez disso, soltei um latido. Eu me agarrava à esperança de que, se tinha nascido homem, morreria homem. Senti que o acúmulo de acontecimentos recentes talvez estivesse prestes a me transformar em definitivo. Sem dúvida, o latido não passava de um prelúdio para uma metamorfose mais profunda e anunciava igualmente a perda do uso de meu braço e de minha perna esquerdos, assim como a ruptura definitiva do meu cérebro. Tentei me recompor. Berrei de novo o nome de Heimrat. Outro latido brotou de meus pulmões. Vi Gründ e Forlich correrem na minha direção. Nos rostos, liam-se más intenções. Quando Gründ chegou à minha altura, eu me atirei em cima dele e lhe mordi a garganta. Foi então que senti um forte golpe na cabeça. Parei de morder. Acho que perdi a consciência. Acordei no terceiro subsolo, preso em minha camisa de força. Verifiquei se tinha voltado a ser humano e constatei que não latia mais e havia recuperado o uso, de certo modo limitado, de meus membros. Durante o dia, não vi mais ninguém. Por algumas horas, temi que crescessem pelos em meus braços, que um rabo nascesse em meu cóccix. A transformação não ocorreu. Permaneço atento. Estou de olho no meu traseiro.

NORDHEIM

1

Foi encontrada desmaiada na calçada. Talvez tivesse escorregado na neve. Ela não se lembra. A perna direita lhe causa uma dor atroz. O médico lhe perguntou se havia perdido a consciência antes de cair ou se a queda levara à perda dos sentidos. Afirmou que é importante, pois, no segundo caso, o problema era a perna doente, e no primeiro, podia ser um acidente vascular cerebral. Ela respondeu: Que diferença isso faz? Quebrei a perna. O médico não insistiu. Quando voltou, ela tinha se lembrado de que antes da queda, de repente, seu olho esquerdo parou de enxergar direito. Ela teve vontade de alertar os transeuntes. Nenhuma palavra escapara de sua boca. Em seguida, havia caído. E quebrado a perna. O médico lhe agradeceu. De nada.

Estava indo visitar Eduard no Burghölzli quando o acidente ocorreu. Levava uns kipfels. Será que encontraram a caixa de biscoitos? Se ao menos alguém os comeu... Ou se fez a viagem à toa, a caixa despedaçada no chão, os biscoitos espalhados pela neve. Havia preparado os doces na véspera. Ela os considerava no ponto quando as bordas ficam queimadas. Disseram que vai passar um mês e meio sem andar. Quem levará biscoitos para Eduard?

O médico perguntou a qual membro da família deveria avisar. Ela não soube responder. Havia algum parente, uma amiga? Fez que não com a cabeça. O médico demonstrou surpresa. A senhora quer que avisem ao seu ex-marido? De jeito nenhum! Então, a quem? Ela hesitou. No fim das costas, preferia que Eduard recebesse a notícia. Que não se inquietasse com sua ausência. Pediu que fizessem a gentileza de avisar a ele. O médico garantiu que tomaria as devidas providências.

Sente-se culpada por ficar assim deitada, imobilizada, obrigada ao repouso, paralisada. Em um gesto muito suave, o médico acariciou sua testa. Ele voltará amanhã. Deseja que ela durma o melhor possível. E informe caso sinta dor. Tem morfina. Até logo, senhora Maric, tudo vai correr bem.

A claridade do dia a faz abrir os olhos. Distingue, debruçado sobre ela, o rosto do filho. Com a figura envolta em um halo de luz, Eduard parece um anjo. Ela esboça um sorriso. Como em um jogo de espelhos, ele sorri. Aperta sua mão e lhe diz, com a voz agora mais grave, expressando-se devagar, como se cada palavra exigisse esforço para ser pronunciada:

— Melhor ver você assim do que quando entrei no quarto. Parecia morta.

— Está vendo, estou bem viva.

— Eles me contaram tudo na clínica. Disseram que quebrou a perna. Não souberam me dizer se ela vai colar de novo.

— Dentro de cinco semanas, estarei recuperada.

— Cinco semanas é muito. Em dias, dá...

— Nem tanto. E depois, você pode vir me ver quando quiser.

— Heimrat diz que não sou mais um perigo para ninguém. Sabia que eu tinha representado um perigo?

— Não dê atenção a isso. O importante é que ele deixe você vir aqui.

— Heimrat alega que você teve um ataque no cérebro.

— Por acaso pareço ter alguma coisa no cérebro? Foi minha perna que quebrou. Vamos falar de outra coisa, por favor.

— Mamãe, tenho uma pergunta a fazer.

— Claro, meu amor.

— Você se lembra de quando éramos felizes?

— Por que pergunta isso?

— Simples curiosidade.

— Você devia aproveitar que parou de nevar para voltar ao Burghölzli.

— Diga, mamãe, você não vai morrer?

— Como pode pensar tais coisas?

— Porque eu não sei o que faria se você morresse. Eu me sentiria muito sozinho.

— Acredite em mim, não vou deixar você.

Não gosto de caminhar quando está nevando. Escuto claramente os flocos esmagarem em meu casaco e na rua. O ruído repetido acaba por me aturdir. E, quando o vento começa a soprar, tenho a impressão de que uma força invisível me impede de avançar. Redobro os esforços, combato os elementos. Às vezes me sinto preso em uma armadilha. Peço socorro. Nunca ninguém vem me ajudar. Eu me enrosco no chão, cubro a cabeça com as minhas roupas. Um dia me encontraram estirado no chão e coberto de neve. Uns desconhecidos me reconduziram à clínica. Forlich e Gründ riram um bocado ao me ver congelado. Hoje a tempestade passou. O vento não se levanta contra mim. E eu atingi meu objetivo.

Ah, você estava aí, *fraülein* Maria Fischer? Estava me esperando no meu quarto? Desculpe por não ter visto você na penumbra. Eu esperava que viesse. Recebo poucas visitas. Parece que as pessoas me evitam. Exceto mamãe, é claro. Mas mamãe está doente, quebrou a perna. Não posso deixá-la nesse estado. É a desproteção em pessoa. Preciso salvá-la. Sozinha, ela não vai conseguir. A coragem está acima de minhas forças. Partamos juntos para libertá-la ao cair da noite. Conheço um lugar, uma porta escondida pelo mato. Se aceitar fugir comigo, depois de ter recuperado mamãe, vamos para longe de Zurique. Conheço gente em Genebra. De lá, partiremos para os Estados Unidos. É um lugar muito em voga. Sabe, mamãe não vai nos incomodar. É a discrição em pessoa. Então, você aceita, Maria? Às nove horas na frente do prédio? Não pode hoje à noite? Nem amanhã? Só aqui sente-se protegida? Deve ter razão, bela e inteligente como é. Precisa ir logo para o seu quarto? Heimrat está esperando lá? Não o faça perder a paciência. Foi uma felicidade ter reencontrado você. Se mudar de ideia, saiba que estarei sempre pronto para partir com você. Aguardando, em vigília. Com os lobos.

2

Ela havia se restabelecido, sua perna estava quase curada. O médico lhe dera autorização para voltar para casa, mas foi vítima de novo acidente vascular cerebral. E novamente foi hospitalizada fazia um mês na clínica de Eos, na Carmenstrasse, número 18, primeiro andar, quarto 17. Dessa vez, o acidente deixou sequelas. Perdeu definitivamente o movimento do braço esquerdo. A comissura de seus lábios tombava do lado direito. Ela dá medo.

Isso aconteceu em um domingo. Eduard tinha saído do Burghölzli para passar o dia fora e encontrava-se sentado calmamente na sala de estar. De súbito, foi possuído por uma raiva incontrolável. Começou a lançar injúrias contra tudo e contra todos. Insultou o pai, os médicos, até a memória de Zorka. Depois disso, voltou-se contra a mãe. Levantou a mão. Ela se protegeu. O golpe passou ao lado. Sob efeito do medo, ela desmaiou. Juro, Eduard não tem culpa de nada. Um golpe, confirmou o doutor Monaca, não provoca um AVC. Foi seu coração, seu maldito coração, que não resistiu. Seu coração acabou por enfraquecer.

Quando despertou no quarto, seu primeiro pensamento foi para o filho. Rezou para ele não guardar nenhuma lembrança do incidente. Para não se sentir responsável por seu estado. Por sorte, Eduard não tem boa memória. Ele não sabe distinguir a vida real e seus pesadelos. Ela negou veementemente quando ele evocou o ocorrido. Disse que não, que nada daquilo acontecera. De onde tirou isso? Está proibido de ter tais ideias. Acha realmente que poderia me machucar? Pode dormir tranquilo. Ele pediu desculpas; sinto muito, não foi minha intenção. O essencial foi preservado. Eduard não se sentia culpado de nada.

No início, conseguia dar alguns passos pelo quarto, apoiada no braço de uma enfermeira. Agora sente-se fraca demais para se levantar. Precisa de ajuda para comer. Depois do almoço, tira uma longa sesta. Mantém os olhos abertos cada vez menos tempo. Tão logo seus quadris ou sua perna doem, lhe dão uma injeção. Ela tem grande necessidade de cuidados.

Expressou o desejo de ser hospitalizada ao lado de Eduard, no Burghölzli. Quer ficar ao lado do filho. Quem, além dela, tem noção do que Eduard enfrentou ao longo desses anos? Após o tratamento em Viena, foi submetido a outra cura Sakel, na clínica Müsingen, pelo doutor Muller; depois, outra série em 1942, no Burghölzli; depois, seis sessões de eletrochoques em 1944. Fez uma última tentativa de suicídio, poucas semanas antes. Ela precisa permanecer ao seu lado.

Ela não pede a lua, nem um hotel de luxo em Locarno, nem um palácio em Genebra. Quer apenas terminar seus dias ao lado do filho. O diretor não quer ouvir falar do assunto. É, no entanto, filho do doutor Bleuler.

Tem direito a um lugar no Burghölzli. Agora, ela também não tem mais a cabeça no lugar. Sua própria irmã viveu muito tempo naquele local. Seu filho passou ali a maior parte da vida. É a pensão da família Maric.

Quando entrei no quarto, achei que minha mãe estivesse dormindo. Aproximei-me. Ela abriu os olhos. Mas seu rosto permaneceu triste e paralisado. Isso me desestabilizou muito. Pensei na mesma hora que não era eu, que outro havia ocupado meu lugar. Às vezes, isso acontece comigo sem que eu note. Mas esse estado é sempre acompanhado de muitas outras sensações. Ora, ali, eu me sentia eu mesmo. Ouvi a voz da razão. Se não era dentro da minha cabeça, então alguma coisa andava mal no cérebro da minha mãe.

A enfermeira disse: é Eduard! A senhora não está reconhecendo seu filho? Mamãe me fitou com um ar surpreso. Ela me examinou com o olhar. Balbuciou alguma coisa. Eu compreendi que eram desculpas. Mamãe não tem motivos para se desculpar. Não me reconhecer? Meu pai faz isso todas as manhãs.

Mamãe moveu o braço direito na minha direção. Sua mão apertou meu pulso. Seu braço esquerdo continuou pendurado. Perguntei o porquê à enfermeira. Ela me respondeu; foi o novo AVC. Não entendo nada dessas histórias de ataque. Anunciei que queria dormir no quarto para defender minha mãe. A enfermeira sorriu e disse:

— Você sabe que isso não é possível.

— E por que não?
— Sua mãe precisa de repouso. E você...
— E eu?
— Você não representa repouso de jeito nenhum.
— E se ela sofrer outro acidente?
— O médico intervirá.
— Eu podia ter sido médico. As circunstâncias decidiram ao contrário.
— Tenho certeza de que teria sido um bom médico.
— Se tem certeza, não deixe o outro médico agir.
— Farei o melhor possível.
— O melhor não é certamente o hospital. Sei do que estou falando.
— Você sabe, sua mãe agora está idosa.
— A velhice está na cabeça.
— Sua mãe não tem mais a cabeça perfeita.
— É uma questão de hereditariedade. Eu também não tenho mais a minha. No entanto, não sofri acidente.

A enfermeira deixa o aposento. Encontro-me sozinho com minha mãe. Mamãe fixa o teto. Eu contorno a cama. Descanso seu braço esquerdo sobre o colchão. O braço volta a pender de lado. Eu o recoloco no lugar. Mamãe vira a cabeça na minha direção. Parece não entender a situação. Eu lhe recomendo não se preocupar. Não importa o que aconteça, ela é destra. Ela volta a erguer de novo o olhar. Eu pego a cadeira encostada na parede. Sento-me perto da cama. Começo a conversar. Falo da chuva e do tempo bonito. Nada lhe provoca qualquer reação. Tento falar da minha vida. Mamãe sempre se inquieta com esse assunto. Minha ambição na existência permanece imprecisa sob muitos aspectos. Ignoro o que o futuro me reserva. Cada um tem sua sina, é verdade, mas o destino castiga uns mais do que outros. Escolho falar da minha amiga, Maria Fischer. Sei que mamãe ficará contente ao saber que uma jovem se interessa por mim. As mães são assim. Descrevo a beleza de Maria. Ela é inteligente também. Evoco diversos planos que surgem claros em meu espírito. Explico que um dia Maria e eu deixaremos o Burghölzli. Ainda não decidimos a data. Mas não demora. Faremos tudo de acordo com as convenções. Maria mantém boas relações com o inspetor Heimrat. Vamos viver em Zurique. O resto do mundo parece distante demais. Vamos nos instalar às margens do Limmat. Constituiremos família. Teremos três filhos. E uma profissão. Voltaremos para casa à noite. Jantaremos reunidos em volta da mesa. Desfrutaremos dos domingos bonitos. O braço esquerdo de mamãe volta a cair. Eu me levanto para colocá-lo no lugar.

3

A enfermeira lhe dá uma injeção de morfina. Lentamente, a dor abranda. Uma sensação de bem-estar a invade. Tem a impressão de partir em uma viagem. Caminha no ar. Não manca. Vai rumo ao Burghölzli. Avança atrás de três homens. Avista ao longe as janelas do grande prédio. O tempo está maravilhoso. A rua, inundada de luz. Os homens à sua frente estão vestidos elegantemente. São jovens, seus passos são ágeis. Consegue segui-los sem forçar demais o quadril. Ela também rejuvenesceu. Deve ser efeito da injeção. Um dos homens se volta. Ele lhe sorri. Diz: Minha Doxerl, chegamos. Ele se detém. Os dois outros prosseguem. O jovem lhe estende a mão amiga. Ela gosta do sorriso estampado em seu rosto. Admira o brilho de seus olhos. Adora escutar sua voz, sobretudo quando ele a chama assim, minha Doxerl. É o único a chamá-la assim. Até então, seu único apelido tinha sido Mitza. Seu pai a chamava de Mitza, e seu irmão Milos também. O grupo se encontra agora no jardim do Burghölzli. Meu Deus, como o ar é puro e a luz, intensa. O jovem murmura palavras doces em seu ouvido. Ela ri, satisfeita. Ele confessa gostar quando ela ri satisfeita. Ela promete rir sempre que ele pedir. Ela sabe rir tão bem quanto contar. Ele jura nunca ter visto uma moça contar tão bem. Ela pergunta se conta para ele. Mais do que tudo no mundo, declara ele. Eles entram no prédio; chegam à sala de conferências. Sentam-se lado a lado. O palestrante entra, cumprimenta, se apresenta. É professor de medicina. Anuncia que vai falar de hipnose. Garante que o tratamento vai revolucionar a vida dos alienados. Dá início à aula. Perplexa, escuta. Depois, já não escuta mais. Pensa que precisaria contar ao jovem o ocorrido. Que nada entre eles será como antes. Que algo, mais forte que seus sentimentos, aconteceu. Algo que os unirá definitivamente. Ela ignora o motivo, mas tem certeza de que será uma menina. Contudo, ficará feliz se for um menino. Uma grande felicidade a espera, a maior das felicidades. Viverão os três juntos; ela já escolheu o nome, Lieserl. Depois virão os meninos, mas prefere uma menina primeiro, pois saberá lidar melhor com uma menina. De repente, sente um incômodo na perna. As palavras do professor se tornam menos audíveis. Não entende mais nada do que é dito. A dor aumenta. Não consegue conter um grito de dor. O grito fez o jovem fugir, o professor desaparecer, a luz dissipar-se. Uma densa penumbra a rodeia. Mãos se encarregam com doçura de aplicar uma injeção em seu braço direito. Ela escuta, não é nada, tudo vai passar. Entreabre as pálpebras e acredita avistar flocos de neve batendo contra a janela. Já é quase noite lá fora. Espera reencontrar, o mais rápido possível, o caminho para o Burghölzli. Tomara que o jovem ainda a aguarde! Sente as pálpebras pesadas. Pergunta-se se o curso sobre hipnose recomeça. Precisa estar pronta. Precisa se levantar. Tenta se sentar. Não consegue endireitar-se. Tenta ajuda com as mãos, mas elas não reagem mais. Experimenta a curiosa sensação de que o corpo inteiro já não lhe obedece. Ela não se pertence mais. Percebe uma espécie de pressão no peito. Uma dor terrível lhe estraçalha o coração. Não sente mais nada.

O inspetor Heimrat abriu a porta, entrou no meu quarto, se plantou na minha frente. Ergui os braços sobre o rosto por medida de proteção. Nenhuma pancada. Heimrat declarou com uma voz inabitualmente doce:

— Tenho uma coisa triste para dizer.
— Meu pai vem me ver?
— Pior.
— Nem imagino.
— Sua mãe morreu, Eduard.
— Isso não existe.
— Como assim?
— O que o senhor diz, inspetor Heimrat, não existe.
— Melhor não brigarmos numa hora dessas, Eduard. Então, vou deixar que acredite no que bem entender. E se prefere não saber, está no seu direito.
— Obrigado por respeitar meus direitos, inspetor Heimrat.
— Contudo, deve saber que existem regras. E a regra número um aqui é que eu não minto. Mas passarei por cima do regulamento neste dia em particular. A outra regra é que não somos eternos nesta terra, e sua mãe não é exceção. É preciso que compreenda isso.

— Acho que entendi.
— Entendeu o que exatamente?
— O que o senhor diz sobre minha mãe.
— Que bom!
— Será preciso colocá-la debaixo da terra?
— Claro, Eduard.
— Eu devo ir ao enterro?
— Não, não é obrigado. Aliás, é melhor não ir. Depois pode ir vê-la.
— Obrigado por cuidar de mim, inspetor Heimrat.
— É nossa obrigação com todos os pensionistas.
— Tenho uma pergunta a fazer.
— Faça.
— O que seria normal eu sentir?
— Ninguém jamais entendeu o significado do desaparecimento de alguém próximo. Os maiores sábios se curvaram sobre a questão. O homem inventou as religiões para buscar consolo para essa imensa tristeza. Até hoje, ninguém encontrou uma resposta satisfatória. Esse ainda é um dos maiores mistérios da humanidade.
— Então, para o senhor, eu faço parte da humanidade?
— Claro, Eduard.
— Mesmo agora, que minha mãe desapareceu?
— Isso não altera em nada sua condição, Eduard.
— O senhor acredita que isso deve me deixar triste.
— Fundamentalmente, isso não muda nada.
— O senhor parece lastimar.
— Talvez. Olhe, você compreendeu o que são os pesares, está no caminho que conduz à tristeza.
— Eu prosseguirei da melhor maneira, inspetor Heimrat.
— Agora vou deixá-lo. Precisa aprender a ficar sozinho.

— O senhor tem certamente outras coisas bem mais importantes para fazer do que cuidar de mim, inspetor Heimrat. Gostaria apenas de saber uma coisa antes de o senhor ir embora.

— Diga.

— Quando é que minha mãe vem me ver? Estou começando a sentir falta dela.

4

Soube da morte da ex-mulher por um telefonema de Helena Hurwitz. Helena explicou que as exéquias seriam no cemitério Nordheim de Zurique, de acordo com o ritual ortodoxo. Falaram sobre os últimos instantes de Mileva. Já sabia havia semanas que o fim estava próximo. Expressou sua tristeza. Ele disparou: "Apenas uma vida vivida para os outros é digna de ser vivida." Em seguida, desligou.

Um fragmento de sua vida desaparece. Ele se lembra da última vez que viu Mileva, quinze anos antes, na noite de despedida em sua casa. Pensa na primeira vez que cruzou com ela na Polyteknikum. Lá se vai meio século.

Não seria capaz de dizer se tudo passou rápido, quanto tudo lhe parece distante. Depois de Elsa, Mileva. Em breve, será sua vez.

Havia pouca gente no enterro de mamãe. No verão, as pessoas saem de férias. É uma estação ruim para se morrer de uma bela morte e ter um enterro à altura.

É pena, mesmo assim. Tão poucas coroas, tão poucas flores para uma mulher que adorava plantas, embora sua preferência fosse por cactos. Eu teria preferido que a alameda estivesse lotada de gente. Que tivessem vindo de todos os lugares da terra para dizer adeus. É um instante único na existência.

O tempo estava bonito. Dizem que chover em um enterro é uma bênção do céu. Espero que o sol não seja uma maldição.

Ao chegar ao cemitério, avistei um homem de costas e de chapéu que avançava lentamente. Por uma fração de segundo, acreditei que fosse meu pai. Não pude reprimir uma alegria imensa. Tive vontade de me atirar em seus braços. Avancei. Ao chegar perto, eu me dei conta de ser outra pessoa. Eu devia ter desconfiado.

Meu irmão também estava ausente. Não comparecer ao funeral da própria mãe? Hans-Albert, você faz jus a seu nome.

Para falar a verdade, não havia ninguém da família. É de se perguntar se ainda me resta uma família, se é que já tive alguma. No entanto, é nessas circunstâncias que a gente vê quem são os verdadeiros amigos.

Éramos menos de uma dezena. Realmente pouco para uma mulher com suas características. Meu pai, tenho certeza, arrastará multidões.

O padre, um russo chamado Subov, celebrou os obséquios. Fez um discurso muito bonito. Explicou que mamãe conheceria a verdadeira felicidade no reino dos céus. Os sofrimentos enfrentados lhe davam acesso às portas do Paraíso. Ela merecia o repouso eterno. Na verdade, toda morte é uma libertação, sem dúvida mais ainda para Mileva do que para os outros. Para a alma, é um renascimento. Mileva Maric está agora junto aos seus, as almas caridosas. Mileva Maric está de novo entre os anjos. Nada mais tem a temer. O tempo passado terminou. A provação durou demais. Mileva Maric vivia aprisionada ao seu corpo; pouco a pouco, isolara-se do círculo de seus contemporâneos. Mileva agora é livre. Nada mais entravará a marcha do seu espírito. Não há ninguém enfermo no reino celeste. Não se manca à direita do Senhor. O tempo da desgraça chegou ao fim. Nesse instante do sermão, fui distraído por um sei lá o quê. Minha atenção foi atraída para o fato de o túmulo trazer o número 9357. Também notei que, à direita de mamãe, repousava um homem chamado Geza Ritter e, à esquerda, um tal de Jakob Serena. Aproximei-me do túmulo de Geza Ritter. Ficamos muito tempo face a face. Quando dei as costas, as pessoas atiravam punhados de terra em um buraco. O padre me pediu para fazer o mesmo. Obedeci. Gosto da sensação de ter as mãos cheias de terra.

Em seguida, um a um, os poucos presentes me abraçaram dizendo palavras de conforto. Não entendi o porquê.

Um homem vestido como se estivesse de passagem, com um terno de três peças, se apresentou. Afirmou se chamar Heinrich Meili e estar ali a pedido de meu pai. Esbocei um movimento de recuo. Ele sorriu. Afirmou ser meu tutor oficial. Declarou ser um jurista zuriquense de formação, como se isso fosse uma advertência. Eu respondi que tinha feito o primeiro ano de medicina. Ele sorriu. Explicou que, a partir de então, se ocuparia dos meus interesses. Eu ignorava que tinha interesses. Concluiu dizendo que voltaríamos a nos falar; ali não era o local apropriado. Eu achava que era.

Depois, o padre Subov se aproximou e me levou para um canto. Ele me abraçou demoradamente, como se fôssemos parentes. Começou a falar comigo e me disse que eu tinha o direito de ficar triste.

— A tristeza é um sentimento que eu não domino bem, meu padre. Eu me entrego em geral ao desespero e às grandes cóleras. Não sou dado a nuances.

— Você aprenderá.

— As lágrimas não me vêm com facilidade. Devo forçar?

— Seja paciente.

— Tenho medo de esquecer mamãe se deixar passar muito tempo.

— A gente não se esquece.

— O senhor me tranquiliza, eu achava não ser normal.

— Você é normal.

— Não é o que dizem. Se eu compreendi direito, nunca mais verei minha mãe?

— No além, nós nos reencontramos.

— Como vou reconhecê-la? Terá guardado sua aparência humana? Será que a morte é definitiva? Devo aguardar minha morte para esperar revê-la? Devo esperar pela minha morte?

— Suas perguntas são iguais às das crianças.

— Eles me censuram por ter mantido a alma de criança.

— Você tem a alma pura.

— Há anos dizem que ela é doente.

— Eduard, você tem fé?

— Não sinto nada em especial.

— Escute apenas seu coração.

— Meu coração bate, meu padre, eu o escuto.

— Você está no caminho certo.

Ele me apertou de novo contra si. Depois, foi embora. Eu me encontrei sozinho em meio aos túmulos. Senti-me perdido. Comecei a chamar minha mãe como sempre faço nestes casos. Não obtive nenhuma resposta. Gritei mais alto. Nada. Talvez fosse o que o padre tinha chamado de vazio. Voltei ao local em que ele havia feito seu discurso, ao último lugar onde tinha ouvido falar da minha mãe. O lugar estava recoberto com um monte de cascalhos brancos. Eu me perguntei se a resposta estava lá, debaixo da terra, pois dos céus não chegava resposta alguma. Comecei a cavar. Consegui fazer um buraco pequeno. Dois homens de terno escuro surgiram às minhas costas e cada um me segurou por um ombro. Um deles disparou: "Depois da mãe, transportamos o filho." Eu não entendi o que queriam dizer. Eu me debati. Eles me amarraram e eu fui reconduzido ao Burghölzli, conforme as leis e as regras em vigor.

PRINCETON — BURGHÖLZLI

1

A partir de agora, zelará pelo conforto de Eduard. Mas não deixará Princeton. Não tomará um avião. Não aterrissará em Zurique. Não pegará um táxi. Não dará ao motorista o endereço do Burghölzli. Não baterá àquela porta enorme. Não informará seu nome. Não pedirá para ver Eduard. Não entrará no hospital escoltado por um enfermeiro. Não atravessará o jardim. Não penetrará na construção. Não atravessará o grande corredor. Não cruzará com dezenas de loucos. Não será recebido previamente pelo médico-chefe. Não ouvirá dizer que todos os tratamentos fracassaram. Há quanto tempo o senhor não o vê? Desde 1933? Prepare-se para um choque, talvez não o reconheça de imediato. Eduard engordou muitíssimo, tem apenas 35 anos, mas aparenta 50. O senhor conhece a doença, ela não afeta apenas as funções psíquicas. Talvez ele não reconheça o senhor. Ou talvez pule em seu pescoço tão logo apareça. Ele pode se mostrar de uma crueldade extrema. Nutre, em relação ao senhor, instintos muito violentos. Ele não entrará no mundo de seu filho. Este mundo não é o seu. Este mundo não é o mundo. Este mundo o aterroriza. Deve admitir. Tem medo. Viajar lhe causa medo. Encontrar seu filho o enche de pavor. Deve reconhecer a terrível verdade. Ver o filho é mais doloroso que não ver. Como imaginar isso? Como admitir isso? Como confessar isso a alguém? Tem medo da própria sombra. Sua sombra, sua descendência. Sua descendência, que vive à sombra. Por toda a eternidade. Hans--Albert lhe revelou como foi terrível viver à sombra de um homem chamado Einstein. Hans-Albert lhe explicou a dor ao ouvir dizer, por todo lado, quando revela sua identidade: se Einstein tivesse um filho, saberíamos. Como pode afirmar ser filho de Einstein? Em nenhum lugar ele fala dos filhos. Seus filhos não ocupam senão algumas linhas nas inúmeras biografias que lhe são dedicadas. E em nenhuma jamais foi mencionado o mal que ataca o caçula. Nunca houve a menor alusão. A vergonha da família. Como se a doença de Eduard representasse uma surda ameaça. Eduard vaga nas trevas. Nas trevas do espírito e nas do Burghölzli, quando a noite cai.

Manterá entre os dois uma distância infinita. Quer guardar a imagem do filho no dia de sua última visita. Deseja levar aquele retrato para o túmulo. Está velho. Tem 70 anos. Não tem coragem de enfrentar a realidade. Apreende essa realidade. Conhece a verdade. Sabe o que vai descobrir. Não quer essa descoberta. Acha que sua visita não mudará nada. Que apenas acrescentará infelicidade à infelicidade. Prefere deixar um oceano entre seu filho e ele.

Alguns anos antes, escrevera a Michele Besso:

É realmente desolador que o rapaz seja obrigado a levar a vida sem a esperança de uma existência normal. Desde que o tratamento com insulina fracassou definitivamente, não conto mais com a ajuda da medicina. Além disso, não tenho em grande consideração essa corporação e acho que, no final das contas, é preferível não molestar a natureza.

Não se trata de uma questão de natureza. Trata-se de uma questão de coragem. Ele foi um homem corajoso. Afrontou a Gestapo, foi um dos primeiros a apoiar a causa dos negros, ajudou na criação do Estado judeu, afrontou o FBI, não se curvou, nunca renunciou, escreveu a Roosevelt para construir a bomba contra a Alemanha e para suspender a bomba destinada ao Japão. Apoiou os judeus oprimidos pelo Reich. Assinou petições. Esteve na linha de frente. Mas ver seu filho está além de suas forças. Ele conhece seus limites. Apenas o universo não conhece limites.

Eu não poderia dizer a qual momento remonta o desaparecimento da minha mãe. Às vezes me parece ter sido ontem. Outras vezes, tenho a impressão de que se passaram vários meses. Se ainda estivesse neste mundo, mamãe poderia responder, pois tinha resposta para tudo. Desde que me deixou, perdi minhas referências. Sua morte varreu tudo.

Do que me lembro é da dureza dos primeiros tempos de sua ausência. Parece que isso é normal. Eu via seu rosto em todos os lugares. Isso também parece ser bastante comum. Então por que multiplicaram as sessões de eletrochoques? Hoje mesmo me explicaram que ver o rosto da mãe em toda parte não significa falar com a mãe dia e noite e exigir respostas batendo com a cabeça na parede até tirar sangue. Então, de que serve isso? Quando você tem visões, tem visões. Se você vê sua mãe, você fala com ela! Você a consulta. No Burghölzli não são capazes de entender isso. E ainda se vangloriam de ser psicólogos perspicazes!

Com o passar do tempo, mamãe, pouco a pouco, deixou de se exibir no rosto das pessoas com quem eu cruzava. Eu não me dirigia mais a ela a torto e a direito. Repreendiam-me menos. A vida se tornava mais fácil.

Na clínica, teriam de bom grado me deixado sair. Ai de mim, não tinha lugar para onde ir, e a administração leva o regulamento a ferro e fogo. Não deixam ao léu um tipo como eu. Eu me pergunto o que temem.

Eu poderia ter apodrecido no Burghölzli até terminar meus dias. Felizmente, encontraram uma família para me acolher. Isso não substitui em absoluto uma pessoa desaparecida, mas proporciona um teto e a oportunidade de deixar o universo psiquiátrico, que não é tão hospitaleiro quanto pretendem.

A família com a qual me hospedo, e da qual ocultarei o nome para preservar seu anonimato, mora em uma colina nos arredores de Zurique. Ali faço estadas regulares, ora longas, ora curtas. Não depende de mim, mas dos lobos que rondam a casa. Quando escuto os uivos ou acredito avistar suas silhuetas saindo dos bosques, reconduzem-me à clínica. Quando nenhum animal selvagem vem perturbar a tranquilidade do lugar, posso permanecer por muito tempo.

São pessoas encantadoras que me oferecem casa e comida sem que eu nada tenha pedido. Nunca me bateram e acho que nem sabem que isso existe. Muitas crianças brincam no jardim da casa e me deixam brincar com eles. Acho que é a maior demonstração de respeito que podem testemunhar a um sujeito como eu. Antes, as pessoas sempre temiam por sua prole. No entanto, à exceção da minha própria pessoa, eu nunca fiz mal a ninguém, quanto mais a crianças. Gosto de olhar as crianças brincarem. Falam em construir um castelo. Puxa, eles moram em um castelo. Dizem: eu sou o rei da Transilvânia e você é um vampiro, e pronto, se transformam. As crianças são absolutamente normais. E são pessoas muito doces em comparação com os adultos, em especial Gründ e Forlich, embora eles não sejam os melhores exemplos. A vida me ensinou que nada é definitivo. Entretanto, acredito que nunca terei filhos. Sem dúvida, é a melhor maneira de evitar ser pai.

2

O *New York Post* datado de 12 de fevereiro de 1950 publicava: "Deportem Einstein, o impostor vermelho!" Ele se tornara inimigo dos Estados Unidos. Com mais de 70 anos, um alvo notável do poder. No *Dallas Times Herald*, John Rankin, senador do Mississipi, declara: "Deveríamos ter expulsado Einstein há anos, em virtude de suas atividades comunistas." O mesmo Rankin afirmou diante dos senadores republicanos: "O povo americano compreende, pouco a pouco, quem é de fato Einstein... Com o objetivo de difundir o comunismo mundo afora, esse agitador de origem estrangeira utiliza os correios para recolher dinheiro com o objetivo de nos manipular... Apelo ao procurador-geral para que ele entrave a marcha desse indivíduo chamado Einstein."

O macarthismo perverteu as consciências. Um clima de delação reina no país. Em todas as universidades, convidam professores a denunciar seus colegas. Seus amigos são acusados de espionagem a serviço dos soviéticos. A menor declaração de apoio a um movimento pacifista, a mais antiga adesão a uma organização de esquerda, tudo isso pode conduzi-lo a uma subcomissão, levá-lo a ser banido da sociedade. O simples apoio, nos anos 1930, aos republicanos espanhóis é considerado um ato de alta traição. Ele escreveu à sua amiga, a rainha da Bélgica: "O flagelo alemão de alguns anos se abate de novo aqui. As pessoas aquiescem e se alinham às forças do mal. Por todo lugar, não há senão brutalidade e mentiras. E aqui permanecemos, impotentes." O secretário de Estado John Foster Dulles admitiu na primeira página do *New York Times* que, após análise, os livros de quarenta autores suspeitos de colaboracionismo com a URSS haviam sido queimados por funcionários de Estado. Nas escolas, professores prestam juramento de fidelidade. Ele revive as horas sombrias. Seu amigo Robert Oppenheimer é perseguido. A caça às bruxas atingiu o apogeu. Ele novamente se torna alguém que merece a forca.

Acusam-no de ser propagandista de Stalin, quando sempre se recusou a ir à URSS. Escreveu apenas duas cartas a Stalin, uma carta de apoio a Trotsky durante sua fuga e uma solicitação para libertar Raoul Wallenberg, o sueco que tinha salvo vinte mil judeus húngaros e acabara prisioneiro da Lubianka. A mídia recentemente relançou um velho artigo com o objetivo de atacá-lo, publicado no primeiro número da *Monthly Review*, intitulado "*Por que o socialismo?*", no qual explicava: "A meu ver, o liberalismo econômico da atual sociedade capitalista é a verdadeira fonte do mal." É um inimigo do capitalismo. Um inimigo dos Estados Unidos.

J. Edgar Hoover jurou acabar com ele. Sussurram que o dossiê Einstein no FBI seria mais grosso que a Bíblia. Será preciso deixar o país, caso a campanha orquestrada contra ele ganhe força. "Deportem Einstein!" Poderia imaginar tais manchetes aqui, nos Estados Unidos, vinte anos após as dos jornais nazistas? Ele escreveu a Otto Nathan:

Não posso mais adaptar-me às pessoas daqui, nem ao seu modo de vida. Eu já era muito velho quando aqui cheguei; e, a bem dizer, os Estados Unidos em nada diferem de Berlim e, antes disso, da Suíça. Nascemos solitários.

Em sequência a dores insuportáveis, os cirurgiões lhe abriram a barriga no mês passado. Fecharam sem operar após terem diagnosticado um volumoso aneurisma da aorta. Não sabem como proceder em relação a esse tipo de doença. As paredes da grande artéria estão dilatadas. Um dia se romperão. O sangue inundará seus órgãos. Seu coração se esvaziará de si mesmo. A hemorragia interna será fatal. Uma bomba-relógio cresce em seu abdome. No dia da ruptura, morrerá.

Às vezes, quando se deita, põe a mão sobre a barriga, sente uma massa. Essa massa bate ao ritmo do seu coração. Ela fará com que seu coração cesse de bater.

Pensa em Eduard, no que acontecerá com seu filho. Após o falecimento de Mileva, Eduard enfrentou uma fase muito difícil. Hoje, comporta-se melhor. Foi autorizado a sair do Burghölzli. Eduard vai e volta da clínica para a casa da família que o acolheu, no alto de Zurique. As notícias de Besso e Meili dão a entender que ele está bem ali. Eduard realiza concertos para crianças em um presbitério. Encarregaram-no da tarefa de preencher os envelopes. Pela primeira vez em sua existência, tem um trabalho. Eduard é aceito na comunidade dos homens.

Certa manhã do mês de julho, o inspetor Heimrat em pessoa apresentou-se na porta da casa da minha nova família e pediu para me ver. Ostentava um largo sorriso. Saí com ele de carro; eu nem sabia que se podia ter um carro. Heimrat me conduziu à clínica. Era uma sensação insuportável entrar no Burghölzli sem ser de ambulância. Uma vez o carro estacionado, o inspetor Heimrat disse:

— Prefiro avisar porque quero poupá-lo de emoções fortes. Sabe que dia é hoje?

— O senhor sabe que eu perdi a noção do tempo.

— Hoje é dia 23 de julho. Sabe o que isso significa?

— Eu me lembro de ter nascido no dia 23 de julho, mas faz um bocado de tempo.

— Hoje é dia 23 de julho de 1950, Eduard. Você nasceu no dia 23 de julho de 1910, o que significa que hoje faz 40 anos.

— Quer dizer que é meu aniversário?

— Isso mesmo.

Meus olhos se encheram de lágrimas diante de tanta atenção recebida, e o inspetor preferiu que saíssemos do carro para me evitar qualquer excesso. Ele conhece minha dificuldade em controlar as emoções. Entramos no prédio, atravessamos o grande corredor, subimos até o andar da recepção. O inspetor Heimrat empurrou a porta e lá encontrei, alinhados à minha frente, o doutor Minkel, Gründ e Forlich, Herbert Werner, Alfred Metzger e Maria Fischer! Eles entoaram "Feliz aniversário, Eduard"! Na parede atrás deles, em cartolina, colaram o número 40, como o 40 da minha idade! Recebi autorização para beber uma taça de champanhe, apesar de me ser proibida a ingestão de álcool. Todo mundo me abraçou, até Gründ. Os convidados passaram alguns minutos conversando entre si e Maria se aproximou, cravou o olhar no meu e murmurou: toma o meu presente, Eduard. Ela encostou os lábios nos meus. Ainda estou surpreso. Alguns instantes depois, o inspetor Heimrat disse: vamos, Eduard, preciso levá-lo. Entramos de novo no carro e partimos.

De volta à casa que me acolheu, o inspetor Heimrat me estendeu um embrulho, dizendo que era seu presente. Minha emoção atingiu o clímax. Desembrulhei com delicadeza, dobrei o papel em quatro, guardei no bolso e descobri o livro que me tinha sido ofertado. Na capa, uma fotografia do meu pai. Meu primeiro pensamento foi rasgar o livro. Em seguida, eu me dei conta de que, desde o desaparecimento da minha mãe, ninguém tinha me dado um presente e que, talvez, pelo resto da minha existência, não recebesse mais nenhum. Controlei a raiva e agradeci ao inspetor Heimrat.

— Eu sabia que ia gostar.

Tive dificuldade em reconhecer meu pai na foto. Parecia um velho de cabelos brancos com a testa terrivelmente enrugada. Como não me lembrava mais da última vez que o tinha visto, fiz a pergunta. O inspetor Heimrat refletiu. Lembrava-se de que eu tinha entrado no Burghölzli aos 20 anos. Eu tinha 40. Logo, tinha passado metade da minha vida no Burghölzli, e a outra metade fora. Desses dois períodos, não sei qual considerar o mais feliz. Detestei minha infância. Mas os eletrochoques tampouco deixam recordações felizes. Perguntei ao inspetor Heimrat qual período da minha vida deveria preferir. Ele disse sem hesitar: o instante presente. Isso parecia evidente, mas como pensar no instante presente? Não quero filosofar.

Despedimo-nos do inspetor Heimrat. Precipitei-me ao quarto e comecei a ler. Toda sorte de pensamentos soltos. Uma ideia sobre os mais variados assuntos. Eu ignorava que publicassem esse tipo de coisa. Que houvesse quem os comprasse. As pessoas decoram as citações do meu pai para recitá-las durante jantares e brilhar à custa de terceiros? Ou será que as adotam como linha de conduta? Um código moral à disposição? Ouvi certo número de palavras da boca do meu pai e nenhuma delas merecia ser registrada. Ou então eu esqueci quais. Faz muitos anos que tudo isso aconteceu.

Meu pai disse: "Determino o autêntico valor de um homem de acordo com uma única regra: em que grau e com que finalidade ele se libertou do seu próprio eu." Estou trancado em meu eu. Meu eu me devora e me trava. Tenho valor zero para meu pai.

Meu pai disse: "Aquele que considera a própria vida e a dos outros desprovidas de sentido é fundamentalmente infeliz, pois não tem motivo algum para viver." Quem poderia encontrar um sentido em minha vida? Só um louco.

Meu pai disse: "Não existe outra educação inteligente senão aquela em que se tome a si próprio como exemplo." Até parece!

Meu pai disse: "Não aprovo que os pais exerçam influência sobre as decisões dos filhos quando estas possam determinar o curso de suas existências." Meu pai respeitou esse compromisso. Nunca interveio, não exerceu influência sobre nenhuma de minhas decisões. Não sei se devo lamentar.

Meu pai recomendou a um jovem que lhe pedia conselho sobre uma briga com os pais: "Se quiser tomar uma decisão com a qual seus pais não concordem, faça a si mesmo esta pergunta:

sou bastante independente, no mais profundo do meu eu, para poder agir contra os desejos de meus pais, sem perder meu equilíbrio interior?" Sempre agi contra o desejo do meu pai. Nunca tive equilíbrio interior.

Meu pai disse: "Se eu fosse jovem e tivesse de decidir o que fazer da minha vida, não tentaria me tornar sábio, universitário ou professor. Escolheria ser bombeiro ou mascate, na esperança de encontrar a independência dentro dessa modesta escala." Creio ter praticamente realizado o sonho do meu pai.

Meu pai disse: "Devo confessar que a estima exagerada quanto à obra da minha vida me deixa muito pouco à vontade. Sou obrigado a me ver como um cretino involuntário." Prezado pai, pelo que às vezes ouço falarem de você, pelo que leio em certos jornais que me trazem, muita gente o considera como você se vê.

Meu pai disse: "Aquele que não se mostra atento à verdade nas pequenas coisas não pode inspirar confiança em assuntos importantes." Meu pai mentiu.

Meu pai disse: "Não existe certa satisfação no fato de que os limites naturais sejam impostos à vida do indivíduo de modo que no final ela pareça uma obra de arte?" Eu não serei uma obra de arte.

Entretanto, encontrei uma frase do meu pai que me tocou e tive a imediata impressão de que podia ter sido escrita tanto em referência a ele como a mim. Que ele tenha talvez pensado em mim ao escrevê-la e igualmente em seu comportamento em relação a mim. Sua grande distância em todos os sentidos da palavra. Sem dúvida, estou enganado. Se meu pai pensasse em mim, todos saberiam. Qualquer pensamento seu é conhecido por todos. Eu saberia. Meu pai disse: "O essencial, na existência de um homem da minha espécie, reside no que ele pensa e em como pensa, e não no que faz ou sofre." Obrigado pelo elogio, papai.

3

Visto de Princeton, e considerando a distância, ele não consegue compreender as verdadeiras motivações de Carl Seelig. O homem irrompeu recentemente em sua vida. Carl Seelig alega ser escritor e jornalista e é uma espécie de diletante, uma espécie de mecenas, pertencente à elite de Zurique. Como título de glória, Seelig anuncia ter conhecido, e durante muito tempo se correspondido, com Stefan Zweig e Max Brod. Declarou sua intenção de escrever uma biografia. Solicitava sua autorização. Tratava-se assim, de alguém como dezenas de outros que, todos os anos, havia decênios, lhe pediam retratos ou entrevistas. Cada um tem uma opinião sobre ele. Cada um conta uma anedota a seu respeito. Qual homem se beneficia de tal tratamento? A foto de seus 72 anos deu a volta ao mundo. É interpretada como uma provocação de criança levada. Ele apenas mostrou a língua ao fotógrafo porque estava cansado de posar para a lente objetiva. Afinal, os tempos em nada mudaram desde que o mufti de Jerusalém o acusava de querer destruir a mesquita de Omar. Ele está sempre no centro de alguma polêmica. Alguns lhe reprovam o sionismo. Outros, suas reservas em relação à política do novo Estado judeu. A bomba atômica americana é culpa sua. A bomba soviética também. O senhor dá lições ao mundo inteiro. Vê-se como a consciência dos Estados Unidos. Critica a nação americana, acusa o governo Johnson, despreza o senador McCarthy, conclama uma jurisdição internacional. Há uma dúzia de anos é americano; deveria ser grato e calar-se. Considera-se acima das nações, acima das leis?

    Ele não dá a menor importância às verdades que correm a seu respeito. Apenas quer guardar um único segredo. Jamais falará de Lieserl.

    Frieda, sua nora, foi a Zurique. Arrumando as coisas do número 62 da Huttenstrasse, descobriu a correspondência entre Mileva e ele. Essas cartas revelam a existência de Lieserl. Ela ameaça publicá-las. Frieda encontrou também oitenta mil francos suíços em dinheiro, dentro de uma caixa de sapatos. Uma fortuna. Mileva o acusava sem cessar de não lhe dar dinheiro suficiente. Mileva se indignava de a terem interditado depois do seu primeiro AVC.

Esse Carl Seelig parece ser um homem honesto e de grande benevolência. Michele Besso confirmou. Seelig já começou a entrevistar seus amigos íntimos. Ele desenvolveu um trabalho dos mais sérios. Seelig entrevistou, uma a uma, as testemunhas vivas na Suíça. Encontrou antigos professores e os amigos mais antigos. Afirmou querer restabelecer as verdades, contestar o que foi escrito em outras biografias, pois, segundo afirma, "nem tudo é correto nem exato no que diz respeito ao período suíço", e isso em "uma pequena publicação que evitará qualquer culto à personalidade, bem como qualquer mexerico". Ele aceitou sem grande hesitação. E Seelig deu andamento ao seu trabalho.

    A carta que recebe naquela manhã desse senhor Seelig ultrapassa, entretanto, a postura de um simples biógrafo.

Zurique, 6 de março de 1952,
Caro Professor,
Há cerca de vinte anos sou o tutor e o único amigo do mais original dos poetas suíços, Robert Walser, que vive há um quarto de século em um asilo de alienados. Tais seres me são mais caros que os ditos "normais". O senhor me daria a autorização, a honra e a alegria de entrar em contato com seu filho Eduard? Talvez eu pudesse me tornar seu amigo, se o convidar de tempos em tempos para uma boa refeição em um restaurante, ou se fizer um passeio em sua companhia, como faço com Walser várias vezes por anos; é a mim, com frequência, que é concedido um presente, no sentido espiritual dessa palavra.
Observei a mesma coisa em outros doentes mentais: na maior parte das vezes, os psiquiatras os tratam mal, quer dizer, os tratam como doentes. Eu sempre ajo como se fossem normais e descobri que seus espíritos e suas almas tendem a se abrir mais ao longo de demorados passeios. Entre quatro paredes, tornam-se teimosos e rebeldes.
O que o senhor acha?
Aproveito o ensejo, caro professor, para expressar meus mais sinceros sentimentos.

Carl Seelig o deixa intrigado. Por que tamanha atração pelo mundo dos doentes mentais? Seelig fala dessa patologia como se falasse de uma dádiva, enquanto ele a considera uma maldição. Seelig propõe dar longos passeios com Eduard quando a simples ideia de ver Eduard o aterroriza, justamente a ele, o pai?

Esse homem surgido do nada trouxe à tona as águas do passado. Seelig pede para ser tutor do seu filho, como se seu filho fosse órfão, como se ele não existisse.

Decidiu responder. Com a maior honestidade possível. Embora jamais tenha explicado seu comportamento a quem quer que seja, sente a necessidade de se justificar para um desconhecido que vive do outro lado do mundo. Esse homem o força a se confrontar com algo de que sempre havia conseguido fugir.

A princípio, pergunta-se por que nunca se abriu com o amigo e confidente Michele Besso sobre a verdadeira natureza de sua relação com o filho. Sem dúvida, teria sido preciso explicar a Michele a extensão de sua dor. O momento certo nunca chegou. As palavras não se formaram. Ele nunca pôde superar o medo. No fundo, sua aflição era insuperável. Não se arroga o direito de ser triste. Não se permite esse tipo de fraqueza. Não quer diluir a infelicidade na confissão.

Sabe que sua dor não é fecunda. Trancafiou em si a eterna aflição. Ostenta sempre essa máscara de pedra alegre, esse sorriso imutável e esses olhos risonhos, onde acreditam adivinhar a marca da felicidade. Enterra as recordações ruins, transforma a amargura e a desolação em frivolidade, esconde seus dramas sob o humor ferino, por trás dessa ironia fácil da qual o mundo é tão ávido, à qual ele se abandona com tantas delícias.

Sua vida toda terá sido um combate para alterar a ordem das coisas. Nada, contudo, pode mudar a desordem de Eduard.

Ele é pai de Eduard. O que isso significa? Os pais geram os filhos. Mas são os filhos que tornam pai seu genitor, que os tornam homens. Aos olhos de Eduard, ele nunca passou de um monstro. Pouco importa que o menino tenha entrevisto seu verdadeiro rosto ou que essa imagem fosse reflexo da loucura. Ele não pode se reconhecer nessa visão de horror. Ele não pôde construir a si mesmo uma imagem de pai.

Ele não mostrava a mínima predisposição. Não tem espírito de família, alma de líder de clã. É um lobo solitário. Nasceu no meio das florestas da Baviera. Quando criança, era insociável, vivia isolado. Escapou das matilhas na Alemanha. Até hoje, mesmo ali, é perseguido.

Evitará o combate cara a cara. Continuará a se comportar como um covarde. Não temeu as jurisdições de exceção de Goebbels ou de McCarthy. Porém, adiou sem cessar o reencontro com o filho. Essa culpa lhe pertenceu e lhe escapou. Ele fugiu. Sempre trilhou o caminho do exílio. Nunca regressou. Mesmo no apogeu da vida, não olhou para trás. Regressar a Zurique seria morrer. Ver Eduard seria morrer. E, em breve, estará morto. Uma viagem à Europa reabriria feridas jamais cicatrizadas. Seu velho ferimento de pai. Algo irreparável aconteceu por sua culpa. Ele deu vida à maior infelicidade sobre a face da terra.

Eduard é uma reprovação viva.

Ele não consegue aceitar ser o autor de seus dias. Esses anos de terror, essa vida miserável. Foi procurar nos genes; acusou a mulher. A família da mulher. A irmã da mulher. Precisou de um culpado. Não compreendeu um mundo sem causa. O mundo é preto ou branco. Deve sempre escolher um campo. Engajar-se. Agir sem cessar.

A irreversibilidade é a chave de toda dor.

Após o falecimento de Mileva, escreveu a Heinrich Meili:

Minha primeira esposa teve sua grande cota de dificuldades devido às preocupações constantes com o filho incurável.

No fundo, certos dias, em seu espírito, Eduard não é seu filho.

Um homem em queda-livre não tem consciência do seu corpo, nem da velocidade dos corpos que o cercam.

Pega o papel e sua pena, e começa a escrever:

Princeton, 11 de março de 1952.
Prezado senhor Seelig,
Agradeço sinceramente a generosa oferta de cuidar do meu filho. Foi uma criança precoce, sensível e inteligente; por

volta dos 18 ou 19 anos ficou esquizofrênico. Seu caso e relativamente benigno, de modo que, na maior parte das vezes, pode passar o dia fora de uma instituição. Por outro lado, é totalmente incapaz de inserir-se na vida profissional. Possui fortes inibições emocionais cuja natureza permanece impenetrável, ao menos para os leigos.
A esquizofrenia era parte da família da minha esposa, fato que eu desconhecia completamente quando me casei.

Ele se interrompe, olha para fora. Pressente que pode confiar em Seelig. Tem certeza de que as linhas escritas não serão reproduzidas na biografia em andamento. Seelig guardará silêncio sobre a doença de Eduard. Seelig perpetuará a lenda Einstein, na qual ele quer terminar seus dias.

Experimenta a súbita necessidade de confiar naquele estranho que vive do outro lado do Atlântico. Precisa justificar de pronto seus atos. Prossegue:

Na certa, ficará surpreso por eu não manter correspondência com Teddy. Há por trás disso algo que não sou capaz de analisar por completo. Mas faz-se também necessário dizer que acredito que o simples fato de me manifestar desperta nele sentimentos dolorosos, de diferentes naturezas.

Agora quer confessar o âmago do seu pensamento, a amplitude do seu desespero e da sua impotência. Escreve:

Meu filho é o único problema que permanece sem solução. Os outros, não fui eu, mas a mão da morte quem resolveu.

Adoro correr às margens do Limmat ao lado de Ajax. Digo logo quem é Ajax antes que me tomem por louco. Ajax é o cachorro do senhor Carl Seelig, um dálmata esplêndido de 6 anos. Mas, como é preciso multiplicar por sete, somos da mesma idade, mesmo que ele pareça mais moço. Explico quem é o senhor Carl. Carl Seelig é meu anjo da guarda. Ele é zuriquense de nascença e de adoção. Tem família e situação financeira bastante confortável. Exatamente o oposto de mim. Uma vez por semana, ele vem me buscar no Burghölzli sem que eu tenha feito nada de bom para merecer. Às vezes vamos almoçar, sempre em excelentes restaurantes, aos quais tem acesso livre. Todos o tratam sempre com deferência e me cumprimentam como se eu estivesse à altura. Um dia nos fotografaram. Eu comia um sorvete enorme, como podem constatar. Ninguém havia tirado foto minha na idade adulta. Espero que essa imagem não caia nas mãos do meu pai. Eu devoro o sorvete e estou gordo, embora fique bem de bigode. Nessa foto, terão também uma ideia de quem é Carl Seelig, porque eu não tenho o dom das descrições físicas. Embora traduza bem os sentimentos.

O senhor Carl também me levou ao teatro duas vezes. Vimos *Tartufo,* de Molière, e *Sonho de uma noite de verão.* Adoraria ver *Hamlet.* Pelo que pude entender, isso não está ao meu alcance.

Com o senhor Carl, discuto tudo e nada, uma conversa sempre de excelente nível. Assim fico livre de Herbert Werner, sem falar de Gründ e Forlich. Outras vezes, tomamos o trem. Fazemos longas caminhadas. Vamos a Saint-Gall, atravessamos o Wienerberg. Subimos em meio às videiras rumo ao Castel Weinstein. O senhor Carl afirma que o ar livre me faz bem.

O senhor Carl evoca com frequência outro de seus pupilos, o senhor Robert Walser, que é escritor e alienado como eu. O senhor Carl cuida dele tão bem quanto de mim e o visita com bastante regularidade. Eles também trocam correspondências. O senhor Carl me deu dois livros escritos por Walser. *Geschwister Tanner*[5] não me inspirou. *Jakob Von Gunten: Um diário* me emocionou muito. O senhor Carl afirma que Robert Walser é considerado um grande escritor por seus pares, mesmo por Kafka, a quem meu pai já encontrou, segundo minhas lembranças, no ano do meu nascimento, quando estava em Praga. Eu já mencionei que ele era um pai ausente. Agora é o homem invisível.

Confessei ao senhor Carl que eu também escrevia. Ele me pediu para ler. Eu lhe dei alguns de meus poemas. Eu já tinha enviado uma coletânea completa ao meu pai com a intenção de que fossem publicados, levando em conta sua influência, mas ele se recusou. Meu pai tem vergonha de mim. A menos que sejam ciúmes. O senhor Carl prometeu que faria o possível para que meus textos fossem editados. Eu lhe expliquei que eles já existiam pelo simples fato de serem escritos. Pouco me importava serem lidos por muita gente de mau gosto. Em contrapartida, teria fi-

---

[5] O livro não foi traduzido no Brasil. Tradução literal: "Os Irmãos Tanner", título do livro publicado em Portugal. (*N. da T.*)

cado muito orgulhoso se meu pai gostasse deles. O senhor Carl me disse que Robert Walser compartilhava da minha concepção sobre a literatura. Também aos olhos de Walser, pouco importava a fama, o fato de ser lido e homenageado. Robert Walser havia fugido do mundo literário em plena glória para se internar no sanatório de Waldau, em Berna. Hoje, vive no sanatório do cantão de Appenzell-Ausserrhoden, em Herisau, onde passa os dias da maneira mais feliz possível, considerando nossa condição. Depois disso, Ajax me puxou pela manga e brincamos juntos. Eu tinha entendido o suficiente sobre minha condição humana.

    O senhor Carl me indaga com frequência também sobre meu pai. Ele está escrevendo um livro sobre ele. Eu o ajudo da melhor maneira possível. Carl Seelig parece fascinado com sua personalidade. Alega querer restabelecer verdades. Eu lhe fiz a pergunta. Conhece ele a verdade? Espera descobri-la? Ao se conhecer a verdade, não se vive melhor; pelo contrário. E em que a verdade sobre Albert Einstein é mais importante que a de outra pessoa qualquer? Conheço muitas coisas sobre meu pai. Nem por isso sou mais feliz. Para a maioria dos mortais, meu pai é um objeto de reflexão. Todo mundo se engana. Meu pai não tem verdade. Nenhum ser tem verdade própria. Por exemplo, no que me diz respeito, tenho plena consciência de que as pessoas me tomam por louco, embora eu não o seja. Quem detém a verdade sobre meu caso? As pessoas ou eu? Ou aquilo que é verdadeiro para mim não o é para meu pai? Mas Carl Seelig parece dedicar-se com tanta honestidade a atingir seu objetivo que vou esmerar-me para ajudá-lo. Mesmo que a honestidade não ajude a conhecer as pessoas. No fundo, acho que procurar a verdade esconde alguma coisa.

    Revelo ao senhor Carl tudo o que sei sobre meu pai. Mas temo não ser de grande utilidade em sua empreitada: não disponho senão de vagas lembranças deformadas pelo tempo e pelo prisma do meu cérebro todo desordenado. Meu pai é história antiga.

Contei a primeira lembrança que me passava pelo espírito; o dia em que meu irmão e eu fomos visitar meu pai em Berlim. No apartamento, havia sabres grandes que me impressionavam. O senhor Carl me perguntou se eu me lembrava da minha avó, Pauline Einstein. Eu não me lembro de ter tido avó. Ele me garantiu que as datas coincidiam e que eu devia tê-la conhecido com uns 7 ou 8 anos. Ela não me marcou o suficiente, sinto muito. Será que me lembrava de alguma outra coisa? Não, a memória não é o meu ponto forte. Eu gostaria de continuar a falar do meu pai? Não, meu pai tampouco é o meu forte.

Perguntei ao senhor Carl por que ele não escrevia sobre a sua vida. Ele me respondeu que sua vida não interessava a ninguém. Ele está enganado. Se eu tivesse conseguido realizar meu sonho de ser psicanalista, teria adorado debruçar-me sobre sua vida. Seu caso era tão interessante quanto o de Einstein. Sem querer ofendê-lo, eu lhe perguntei se não era curioso despender tanta energia com pessoas como eu e o senhor Robert Walser.

Em uma de nossas conversas, o senhor Carl se surpreendeu por eu nunca mencionar minha mãe. Nem uma única vez, desde que nos conhecemos. Eu não havia notado. Tudo isso só diz respeito a mim e ao meu psiquismo, que, como sabem, não é dos melhores. O senhor Carl não insistiu porque ele é um homem de bem, um ser como jamais encontrei em lugar algum.

Certo dia, ao voltar de um de meus passeios com o senhor Carl, o inspetor Heimrat me disse:

— Esse tal Seelig é bem curioso!

— O senhor vê o mal em toda parte, inspetor Heimrat.

— Não acha estranho que alguém riquíssimo, que poderia frequentar palácios, prefira perder seu tempo tomando vinho de Valais com você em Teufen? Não fica surpreso?

— Inspetor Heimrat, nem ver mulheres sem cabeça conseguiu me surpreender.

— Eu tenho certeza de que ele está atrás da sua fortuna.

— O senhor bem sabe que não possuo nada. Meu tutor, Heinrich Meili, alega que tenho o suficiente para viver até o fim dos meus dias, visto que não posso administrar meu dinheiro e que seria capaz de atirá-lo pela janela, como fiz com minha própria pessoa.

— Mesmo assim, no lugar do seu pai, eu ficaria desconfiado.

— O senhor está no lugar de meu pai, inspetor Heimrat! Enfim, pelo menos no lugar em que ele deveria estar, ou seja, junto do filho. E depois, sem querer tranquilizar o senhor, meu pai deve pensar a mesma coisa. Ele deve ter dúvidas quanto ao senhor Carl. Porque o senhor e meu pai ignoram a bondade desinteressada. Não podem sequer imaginar passar várias horas em minha companhia e nisso encontrar prazer. Confesse, inspetor Heimrat, não é por prazer que fala comigo.

— É por minha profissão, Eduard. Mas às vezes isso me proporciona satisfação pessoal.

— Eu proporciono satisfações ao senhor?

— Isso vai surpreender você, Eduard, mas é verdade.

— Quando?

— Quando vejo você deixar esse lugar.

— O senhor gosta de me ver partir e quer que isso me agrade?

— Exatamente, Eduard. Mesmo que me considere rude. Minha maior tristeza é ver você voltar para cá.

— O que o senhor diz me emociona muito, inspetor Heimrat. Acho que, fora o que o senhor Carl falou sobre meus poemas, nunca me disseram nada tão amável.

4

A dor parece abrandar. Não tem certeza se isso é um bom sinal. Há dois dias está internado no hospital de Princeton. O mal apareceu com uma força brutal. O fogo lhe queimou o ventre, o corpo pareceu em brasa. Suas forças o abandonaram. Ele se deitou. Quis apalpar a massa para ver se o aneurisma ainda pulsava ou se havia rompido. A pele do ventre esticara como o couro de um tambor. Um simples toque provocava uma dor lancinante. Ele começou a vomitar. Despejou bile sem parar, até ter a impressão de vomitar as tripas. Margot, sua nora, quis telefonar para o hospital. Ele a proibiu. Seu estado piorou. A dor se tornou intolerável. Estava banhado de suor. Suas pernas não o sustentavam mais. Os olhares sobre ele demonstravam temor. Como se a morte estivesse estampada em seu rosto. Ele concordou com a vinda de um médico. O doutor Dean finalmente chegou. O médico não conseguia medir sua pressão. Penava para ouvir o seu pulso. Após examiná-lo, Dean se voltou sem nada dizer. Pelo silêncio, ele compreendeu que o aneurisma se rompera. Seus dois médicos e amigos, os doutores Ehrmann e Bucky, chegaram de Nova York. Bucky trazia um sorriso forçado. Ehrmann aparentava certa tranquilidade. Eles o examinaram um de cada vez. Bucky propôs que o levassem imediatamente a um hospital no Brooklyn. O lugar contava com o melhor serviço de cirurgia de Nova York. Ehrmann fez que não com a cabeça. Bucky não insistiu.

Não haverá intervenção. O aneurisma se rompeu. Não sabem estancar a ruptura. O sangue se espalha em suas vísceras. Sua bomba cardíaca falha. Segundo Ehrmann, às vezes a fissura se fecha sozinha, o corpo reage. Ele duvida que seu corpo tenha qualquer reação. Seu corpo, como ele, está fatigado, fora de forma. Aos 77 anos, seu corpo já se cansou demais.

Seu quarto de hospital é confortável. Oferece uma visão reduzida para o parque ao longe. Sabe que não caminhará mais no parque. Não atravessará mais os bosques para ir ao lago ladeando as fileiras de álamos. Adeus caminhadas, fim dos passeios a bordo do *Tinef*. Não contemplará mais o pôr do sol. Ele se esvazia de seu sangue. Pressente que o fim está próximo. Sua felicidade se reduz à satisfação de tomar dez colheres de sopa sem colocá-las logo para fora. Conhece prazeres minúsculos. Ainda na semana anterior, assinava uma petição de Bertrand Russell contra a proliferação nuclear. Não trabalhará mais para transformar o mundo.

A última carta que recebeu de Carl Seelig terminava assim:

Teddy vai relativamente bem e, para mim, é um alívio constatar, todas as vezes que o visito, como é cercado de amor e compreensão pela família de acolhimento. Eu não poderia sonhar com uma família melhor para ele.

Na véspera, seu filho Hans-Albert chegou da Califórnia, onde reside atualmente. Seu semblante parece sinceramente choroso. Não puderam conversar muito.

A noite caiu. Ele vislumbra a silhueta da enfermeira encarregada de permanecer à sua cabeceira. Faz sinal com a mão. Ela se aproxima. Ele murmura que gostaria de beber. A jovem parece não compreender. Ele repete que tem sede. A jovem tem um ar aterrorizado. Ele aconselha a jovem a não se inquietar. Ela parece não entender. Ele compreende que não é mais inteligível.

Em breve, ele não é mais deste mundo.

BURGHÖLZLI

1

O senhor Carl parecia triste hoje de manhã quando passou para me visitar na casa da minha família de acolhimento. Eu lhe perguntei o motivo.

— Trago uma má notícia.
— Eu é que deveria estar triste, não o senhor.
— É uma má notícia para todos nós.
— O Burghölzli vai fechar?
— Eduard, preciso comunicar a partida de seu pai.
— Faz vinte anos que meu pai se foi.
— É algo mais terrível.
— O senhor quer dizer que ele morreu?
— Isso.
— Definitivamente?
— Sim, Eduard.
— Não consigo imaginar.
— Vai precisar de tempo.
— E o senhor, por que está triste?
— Eu contei a sua vida, isso cria laços, é como se eu tivesse me tornado seu amigo.
— Eu, eu só era seu filho, só isso.

— Você era seu filho, Eduard.

— Faltam-me parâmetros de comparação. Não fui filho de mais ninguém.

— Você terá todo o tempo para compreender.

— As pessoas vão chorar a partida do meu pai?

— O mundo inteiro vai lamentar a perda de Einstein.

— Por quais razões?

— Seu pai era um grande homem.

— Um grande sábio?

— Bem mais que isso. Um espírito iluminado, um homem revoltado, um gênio.

— Eu me emociono ao ouvir o senhor falar de um homem que, de uma maneira ou de outra, é meu pai. Eu também devo ficar triste?

— Por outras razões.

— Quais?

— Bem, quando alguém próximo se vai...

— O senhor está falando do meu pai?

— Sim, Eduard.

— Meu pai não era próximo. Soube que os Estados Unidos ficam muito longe daqui.

— Há outras maneiras de estar próximo.

— Estamos em que ano, senhor Carl?

— Hoje é 19 de abril de 1955.

— Um dia o senhor me disse que a última vez que eu vi meu pai foi em 1933, não é?

— É verdade.

— Então, pelos meus cálculos, 1955 menos 1933 dá 22. Está certo?

— Certo, Eduard.

— Eu nasci em 1910. Logo, 1933 menos 1910 é igual a 23. É isso?

— Isso, Eduard.

— Isso significa que vivi 23 anos com um pai próximo e 22 anos sem um pai próximo. Então, para o senhor, que é tão bom em matemática como em filosofia, pode-se dizer que perdi alguém próximo?

— Ao longo do tempo, você vai sentir.

— Por enquanto, não sinto nada. Isso é ruim?

— Você está sob o efeito do choque da notícia.

— Não acredito, senhor Carl. Sei o que é um choque. Não é nada do que sinto.

— Eu já disse, isso leva tempo.

— Pode me dizer o que eu deveria sentir?

— Uma dor grande.

— Eu sinto uma dor grande permanentemente. Não sei se poderia sofrer mais ainda. Deveria?

— Nada é obrigatório.

— Posso fazer uma pergunta, senhor Carl?

— É claro.

— O senhor fala de mim no seu livro sobre o meu pai?

Nesse instante, não sei o porquê, o rosto do senhor Carl ficou ruborizado. Temi que se tratasse de uma das alucinações das quais me censuram. Mas não, o senhor Carl parecia apenas pouco à vontade. Temia que minhas observações fossem a causa do seu embaraço. Se existe uma pessoa que eu não gostaria de aborrecer é o senhor Carl, visto que só tenho ele sobre a terra. Pelo que entendi, nem meu pai está mais aqui. Mudei de assunto e disse:

— Em todo o caso, sinto orgulho pelo que o senhor disse sobre meu pai. Que ele era um grande homem.

— Sim, Eduard, pode ficar orgulhoso.

2

O senhor Carl afirma ignorar a razão pela qual me desalojaram da casa da minha família de acolhimento e me internaram de novo no Burghölzli. Isso nada teria a ver com a morte do meu pai. Concordo com ele. O desaparecimento do meu pai não muda em nada a minha vida. Na realidade, para mim, meu pai morreu faz muito tempo. Contudo, não lhe quero mal por isso. Encerrei todo relacionamento afetivo há anos.

Gründ terminou por me revelar o motivo do meu recente encarceramento. No livro de admissão, que ele pôde consultar, está escrito:

O senhor Einstein foi novamente admitido no Burghölzli. O paciente não para de circular em torno da casa e, com sua aparência de vagabundo, pode assustar os visitantes.

Primeiro, não vejo como posso assustar quem quer que seja com minha aparência de vagabundo. Em segundo lugar, eu não circulo.

O senhor Carl alega ter, em vão, tentado manter-me com minha família de acolhimento. Finalmente, eu também estou bem aqui. Ao menos, estou em casa. Uma família de acolhimento não é a mesma coisa. A gente se sente em débito.

Claro, o conforto no Burghölzli é menos satisfatório. Sobretudo porque, após a morte do meu pai, fui rebaixado. A partir de agora, moro em um quarto da categoria C, no subsolo e sem janela. Eu não me queixo. O essencial não é ter um teto? Prefiro viver em um lugar apertado a viver no estrangeiro. Para falar a verdade, ter uma janela também é um pouco perigoso no meu estado. O vazio me atrai. Por causa disso, quase terminei mal várias vezes.

O senhor Carl também me deu outra notícia recentemente. Seu amigo, o senhor Robert Walser, morreu. Desaparecer nunca é agradável; no entanto, as condições do falecimento do senhor Robert Walser foram particularmente penosas. Isso aumentava a tristeza do senhor Carl. O ideal, parece, seria morrer na cama. Naquele dia, porém, o senhor Robert Walser tinha saído sozinho do hospício para dar um passeio pela floresta. Durante horas a fio, ele caminhou na neve em meio às árvores sem parar, até que a morte chegou. Foi encontrado longe do hospício, recoberto por uma fina camada branca. É uma lição para todos nós que saímos sem autorização.

O senhor Carl se sentia culpado porque, em geral, passeava com ele. Não o teria deixado morrer assim. Mas é preciso deixar a sorte decidir por si. Certos homens brigam, resistem. Para nós, lutar é impossível. Somos o joguete do destino e muito sensíveis ao frio.

3

A filha do meu irmão veio me ver.

Quando fui avisado de sua visita, pedi a Gründ para vestir meu terno cinza para a ocasião. Ele sorriu e me disse que, da última vez que eu experimentara o terno, a costura das calças havia arrebentado. Eu propus vestir apenas o paletó, bem como minha camisa branca e uma gravata preta, como demonstração de respeito a um membro da família que veio de tão longe só para me ver. Afinal de contas, ninguém é obrigado. Apesar de as calças de moletom não combinarem com o resto, penso ter causado forte impressão.

A filha do meu irmão se chama Evelyn Einstein. Eu lhe chamei a atenção para o fato de que suas iniciais eram iguais às minhas. Ela fez questão de informar que não éramos do mesmo sangue, pois ela era uma criança adotada. Eu a reconfortei lembrando-lhe que, por experiência própria, os laços de sangue não eram os melhores.

De certa maneira, aliás, eu também fui adotado, mas por uma instituição. Porém, nossas vidas seguiram direções opostas. Eu nasci Einstein para terminar em um asilo; com ela, foi o inverso.

Eu ignorava que meu irmão tivesse feito uma adoção, a despeito do fato de já ter filhos. Acho isso muito generoso. Se eu houvesse sido informado antes que meu irmão buscava um filho, teria postulado o cargo. Teria adorado que Hans-Albert me adotasse. Bem sei que a ideia é um pouco esquisita. Sem dúvida também, a lei americana, que é muito intransigente, proíbe adotar um membro da família, como o irmão.

Evelyn Einstein parecia muito perturbada por causa do seu nome e da sua herança. Eu expliquei que não precisava. Chamar-se Einstein necessita de um aprendizado com o qual nascemos ou não. Isso pode levar várias décadas, até mesmo uma vida inteira. Em meu caso, não sei se morro curado.

Evelyn me confiou que chamava meu pai de vovô quando o visitava em Princeton. Isso me emocionou. Vovô. Tenho certeza de que ouvir isso da boca de uma menina também emocionou meu pai. Tentei me lembrar de como eu chamava meu pai. Sem dúvida de papai, como todo mundo. Mas esse nome não lhe cai bem. Enquanto mamãe combina muito bem.

Evelyn foi adotada em 1941, pouco após o nascimento, em Chicago. Meu irmão tinha realmente um grande coração para alguém recém-exilado. Isso não me surpreende, pois guardo uma boa lembrança dele. Espero que a recíproca seja verdadeira.

Recomendei a Evelyn não se alarmar com minha condição de paciente de categoria C. Não gostaria que ela fizesse a viagem de volta com o coração triste. Espero que ela leve a melhor imagem de mim.

Pedi a Evelyn para abraçar meu irmão por mim e lhe dizer que eu não lhe queria mal por sua ausência. Sem dúvida, como engenheiro de obras públicas, deve ser muito ocupado. Parece que suas pesquisas são reconhecidas nos Estados Unidos. Mas ele deve temer a fama que dificulta a vida em família. Hans-Albert havia combinado de ver minha mãe pouco antes de seu falecimento. Devia finalmente ter renunciado à visita por causa do trabalho. Na época, isso havia entristecido muito mamãe, que era bastante sensível. Eu não sou igual. Eu aceito as circunstâncias atenuantes.

Ao se despedir, Evelyn me apertou demoradamente entre seus braços e me beijou. Ninguém tinha se comportado assim desde o ano em que mamãe deixou este mundo. Se pudesse voltar no tempo, eu recomeçaria. A doçura é uma sensação bastante agradável. Imagino que não nos cansemos dela.

Ignoro se Evelyn voltará. Ao partir, ela disse até logo em vez de adeus, e as palavras têm sentido, exceto na minha boca. Espero que ela cumpra a promessa. Expliquei a Gründ que tentarei emagrecer para poder entrar nas calças do terno para sua próxima visita. Isso o fez rir um bocado. No entanto, é importante fazer boa figura diante da família.

4

Estou com Herbert Werner, um dos mais antigos pensionistas do lugar.

Festejarei em breve meus 33 anos no Burghölzli. Não vi o tempo passar. Espero, em segredo, que o estabelecimento providencie uma pequena cerimônia na ocasião. Trinta e três anos é motivo para festejar.

Recebi um presente inesperado da parte da direção. Uma função oficial na clínica. Vejo nisso uma espécie de reconhecimento, uma medalha por serviços prestados. Fui nomeado jardineiro do Burghölzli.

Gostaria que o senhor Carl soubesse da novidade. Ele teria se orgulhado de Eduard. Ai de mim, o senhor Carl nos deixou. Gründ, que ocupou o lugar do inspetor Heimrat me anunciou a novidade abruptamente. Disparou: Seu Carl Seelig não vem mais ver você nem hoje nem nos outros dias. Quando tentou pegar o ônibus no centro, sua echarpe se enroscou nas rodas e o ônibus o arrastou vários metros. Enfim, não vou entrar em detalhes. De toda maneira, sempre detestei aquele sujeito. Não sabemos por que ele gostava tanto de você e de seus semelhantes. Ocupar-se de vocês é uma profissão. Carl Seelig fazia disso um lazer. Ele reduz o valor do nosso trabalho.

Compreendi que o senhor Carl tinha morrido estrangulado. É um fim terrível para um homem daquela qualidade.

Não tenho mais ninguém a quem anunciar a notícia da minha promoção. Não quero usar minhas novas prerrogativas para exibi-las aos outros pensionistas. As pessoas são invejosas. Alguns alegaram que eu devia esse cargo a meu nome. Meu nome nunca significou nada aqui.

Se me designaram para esta tarefa é porque gosto da terra e sou um trabalhador honesto. Podem confiar a Eduard Einstein as mais altas funções. Ele servirá de manhã até a noite sem falta, sem deixar-se abater pela fadiga ou pelo desânimo. E jamais os pensamentos sacrílegos que assediam seu espírito o farão renunciar.

Cavar é um ofício. Mostram-se muito exigentes em relação a mim. Nesse lugar destinado a curar as almas loucas, as rosas valem mais que os jardineiros.

Dou cinco passos contando até dez. Viro à direita, dou mais cinco passos contando até dez, viro mais uma vez à direita, dou mais cinco passos e viro de novo à direita. Volto ao ponto de partida. Traço um quadrado de relva em meu espírito. Esse quadrado é precioso. Ele delimita o lugar que vou limpar. Ninguém tem autorização para penetrar nesse quadrado. A direção me nomeou para este trabalho. Só ela poderia intervir. São muito intransigentes quanto ao regulamento. Duas horas serão suficientes para limpar meu terreno. Sou um trabalhador sério e responsável. Li que os americanos e os soviéticos dispunham de um arsenal capaz de destruir dez mil vezes a terra. Espero que meu terreno permaneça intacto. Aqui, no Burghölzli, nos sentimos protegidos.

5

Hoje à tarde, um jornalista deve vir me entrevistar. Ele trabalha para uma revista chamada *Construir*. Não vejo em que lhe posso ser útil. Nada construí de sólido na existência. Que fosse ver meu irmão. Não lhes queria mal. Perdi meu amor-próprio tempos atrás. Parece-me que foi durante uma sessão de eletrochoques.

Para a vinda do jornalista, pedi a Gründ o paletó do meu terno. Ele caiu na gargalhada.

— Estamos em 1964, Eduard, acha que guardamos seu paletó?

— Foram as roupas que sobraram do tempo em que eu era jovem. Minhas mais belas lembranças.

— Você sabe muito bem que não deve acumular lembranças, Eduard.

— Por que motivo?

— Isso perturba você.

— Meu terno nunca me perturbou.

— Você tem um quarto de categoria C, não tem lugar para roupa velha.

— Meu terno era cem por cento puro linho, se minha memória não falha.

— Sua memória falha, Eduard, e você sabe disso.

— Minha mãe se arruinou para comprar aquele terno.
— Sua mãe teria se arruinado sem ele.
— Cem por cento.

Recebo então meu visitante vestido com meu moletom azul e calçando meus tamancos. De pronto, anuncio estar disposto a falar do meu genitor, e não obrigatoriamente mal, como ele poderia esperar. Comentei que as pessoas adoram me ver manchar a imagem do meu pai. Do contrário, quem gostaria de escutar Eduard?

Percorremos o Burghölzli. Visitamos toda a propriedade. Vamos ao meu quarto, que Gründ se encarregou de arrumar antes porque eu não consigo mais. O jornalista escreve em um caderninho enquanto falo. Eu lhe pergunto o que ele anota e o porquê. Ele responde que não quer esquecer nenhuma de minhas observações. Sem dúvida, informaram-lhe que não sei o que digo.

Eu o deixo na ignorância. Previno, contudo, que não serei o coveiro da memória de meu pai. Sou apenas o jardineiro do Burghölzli. Só cavo a terra. Retiro as raízes do meu quadrado. A direção não confiaria a mais ninguém esta tarefa capital. Sem mim, o capim silvestre chegaria até o céu. A hera escalaria a fachada, teceria uma cortina de folhas na frente das janelas, escureceria os quartos, mergulharia na penumbra o grande refeitório, obscureceria o dia. Sou aquele por quem a desgraça pode chegar.

O homem me acalma. Ele quer apenas conversar. Eu lhe pergunto o motivo. Ele explica que as pessoas se interessam pelo que aconteceu comigo. Eu retruco que as pessoas nem sabem que eu existo.

— Pois bem, assim eles saberão.
— Tarde demais — disparo. — Saberão tarde demais. Olhe no que me tornei.
— Você é o jardineiro do Burghölzli! Isso já é muito.

Sua voz tem um ar sincero. Tira da pasta uma fotografia e me mostra. Ele afirma tê-la encontrado em suas pesquisas. Eu contemplo demoradamente essa foto antiga em que meu pai e eu estamos sentados na sala de recepção do Burghölzli. O jornalista afirma que a foto data de maio de 1933. Eu acho que foi a última vez que encontrou seu pai, ele acrescenta. Comento que eu usava um terno muito bonito. Ele assente. Hoje não dá para acreditar. Aos 20 anos, me consideravam muito elegante. Não duvido, ele responde. E eu não era idiota como hoje, eu li tudo de Kant, de Freud e de Schopenhauer. Ele sabe. Mas não me pergunte nada, eu esqueci tudo. Ele não está ali para isso.

Na fotografia, eu me vejo concentrado em um livro grande encadernado de couro, na certa uma partitura que meu pai trouxe para mim, um libreto de Brahms ou de Liszt. Noto também o arco do meu pai, preso entre suas pernas. Observo que, diante da objetiva, eu não fito meu pai no fundo dos olhos no dia da minha despedida. O jornalista não me reprova. Realmente, um sujeito chique.

Volto a atenção para o arco do meu pai. Dou-me conta então de que tocamos juntos, aqui, no Burghölzli, eu no piano da clínica, e ele em seu violino. O homem confirma, sim, Eduard, parece que nesse dia seu pai tocou junto com você no Burghölzli.

Elemento intrigante, meu pai está vestido com muita elegância para quem vinha apenas me fazer uma visita. Usa gravata. Eu exibo uma bonita gravata-borboleta. Nossas roupas são claras, é maio, é primavera. Seu terno é realmente distinto. Seu nó de gravata bem dado. O colete combina com o paletó. Ele, em geral vestido como um espantalho, usa roupas elegantes apenas para se despedir do filho. O mais perturbador ainda, constato uma profunda tristeza em seu olhar. Nunca imaginaria meu pai tão triste. Seus olhos, sempre tão brilhantes, não têm nenhum brilho; percebe-se também uma grande amargura em seu rosto. Ele se mantém afundado na poltrona, parecendo acabrunhado por algum motivo, vai-se saber qual. Eu pergunto ao jornalista se ele também tem a impressão de que meu pai está triste, embora estivesse aqui simplesmente para me dizer adeus. Ou estarei tendo uma alucinação como me acontece às vezes?

O homem observa demoradamente a foto. Sim, você tem razão, seu pai está com um ar muito triste, eu vi inúmeras fotografias dele e, bem, eu não conhecia aquela expressão.

— Não é indiferença? — pergunto.

— Não.

— Raiva?

— Caro Eduard, me parece ser aflição. E, como você está ao seu lado e ele veio se despedir antes de sua partida para os Estados Unidos, você deve ser a causa da aflição de seu pai.

Então, lentamente, começa a crescer em mim um sentimento estranho que eu não reconhecia. Um leve estremecimento me percorre da cabeça aos pés. Meu coração palpita, minhas têmporas latejam. Algo se ilumina em meu espírito. No lugar das visões sombrias dos tormentos cotidianos, eis que me invade uma doce clareza. Meu corpo parece menos pesado. Nada mais me incomoda. Um leve perfume paira no ar. Tudo está iluminado. O homem me olha, um pouco surpreso. Depois de um tempo, ele lança:

— Eduard, você está com a expressão feliz.

ANEXOS

Extraído do artigo necrológico publicado em 19 de novembro de 1965 no hebdomadário zuriquense *Wir Brückenbauer* (*Construir*), no qual publicaram o retrato de Eduard Einstein tirado cerca de dois anos antes por um jornalista:

> *"Eduard Einstein usava moletom azul e tamancos, e se parecia tanto com o pai que me assustei. O que tinha de mais bonito eram os olhos, muito grandes, profundos, luminosos olhos de criança, e ele olhava como seu pai Albert Einstein nos olha nas fotos. Explicou-me que gostaria de praticar piano, mas que sua música incomodava os outros pensionistas, o que compreendia. Não trabalhava com muito gosto nos campos, mas, por outro lado, compreendia que isso lhe fazia bem. Ficaria bem contente se pudesse apenas dormir, mas sabia que não podia... Para concluir, confessou:* "Ter por pai o gênio do século nunca me serviu para nada."

A foto da capa é aquela evocada quando do encontro entre Eduard Einstein e o jornalista da *Wir Brückenbauer*. A foto foi tirada na clínica psiquiátrica de Burghölzli. É a última foto de Albert Einstein e seu filho juntos.

BIBLIOGRAFIA

As cartas publicadas no romance foram extraídas de:

Correspondência entre Mileva e Albert Einstein:
Albert Einstein e Mileva Maric, Cartas de amor, organizado por Jürgen Renn e Robert Schulmann. Papirus, Campinas, SP, 1992.
Desanka Trbuhovic-Gjuric, *Mileva Maric Einstein*, Haupt Bern. 1982.
Milan Popovic, *In Albert's Shadow: The Life and Letters of Mileva Maric, Einstein's First Wife,* Johns Hopkins, University Press, 2003.

Cartas entre Michele Besso e Albert Einstein:
Albert Einstein et Michele Besso, *Correspondance avec Michele Besso,* 1903-1955, tradução do alemão de Pierre Speziali, Hermann, 1979.

Correspondência entre Carl Seelig e Albert Einstein, bem como o poema de Eduard Einstein e a resposta de Maier a Rüdin:
Alexis Schwarzenbach, *Le Génie dédaigné. Albert Einstein et la Suisse,* tradução do alemão de Étienne Barilier, éditions Métropolis, 2005.

Roger Highfield and Paul Carter, *The Privates Lives of Albert Einstein*, Faber and Faber, 1993.

As citações de Einstein foram tiradas de:
Albert Einstein, *Como vejo o mundo,* Papirus, SP, 1992.
Albert Einstein, *Correspondance*, InterÉditions (Dunod) organizadas por Helen Dukas, traduzidas por Caroline André, 1980.
Albert Einstein, *The Collected Papers of Albert Einstein*, vol. 1-9, Princeton University Press, 1987.

Dentre as inúmeras biografias consagradas a Albert Einstein, quatro obras esclarecem de modo especial a vida de Eduard Einstein:
Michele Zaqckheim, *Einstein's Daughter: The Search for Lieserl*, Riverhead Books, 1999.
Roger Highfield and Paul Carter, *The Privates Lives of Albert Einstein*, Faber and Faber, 1993.
Desanka Trbuhovic-Gjuric, *Mileva Maric Einstein*, Haupt Bern. 1982.
Alexis Schwarzenbach, *Le Génie dédaigné. Albert Einstein et la Suisse,* tradução do alemão de Étienne Barilier, éditions Métropolis, 2005.

Outros livros e artigos da mídia contribuíram para as pesquisas:
Antonina Vallentin, *The Drama of Albert Einstein*, Doubleday, 1954.
Albert Einstein, Physique, Philosophie et Politique, organizado por Françoise Balibar, Seuil "Point Sciences", 2002.
Dimitri Marianoff and Palma Wayne, *Einstein: an Intimate Study of a Great Man,* Doubleday, Doran and Co, 1944.
Thomas Levenson, *Einstein in Berlin*, Bantam Books, 2004.
Fred Jerome, *Einstein, un traître pour le FBI*, Frison-Roche, 2005.
Fred Jerome et Rodger Taylor, *Einstein, l'antiraciste*, Duboiris, 2012.

Walter Isaacson, *Einstein — Sua vida, seu universo,* Companhia das Letras, 2007.
Denis Brian, *Einstein, le Génie, l'Homme,* Robert Laffont, 1997.
Carl Seelig, *A Documentary Biography,* Staples Press, 1956.
Carl Seelig, *Promenade avec Robert Walser,* tradução do alemão de Bernard Kreiss, Rivages "Poche", 1992.
Abraham Pais, *Subtle is the Lord: The Science and the Life of Albert Einstein,* Oxford University Press, 2005.
Lionel Richard, *La Vie quotidienne sous la Réepublique de Weimar,* 1919-1933, Hachette Littératures, "La vie quotidienne", 2000.

New York Times, 18 de abril de 2011.
Wir Brückenbauer, 19 de novembro de 1965.

Impresso no Brasil pelo
Sistema Cameron da Divisão Gráfica da
DISTRIBUIDORA RECORD DE SERVIÇOS DE IMPRENSA S.A.
Rua Argentina, 171 – Rio de Janeiro, RJ – 20921-380 – Tel.: (21)2585-2000